이솝우화

이솝우화

1판 1쇄 발행 | 2004. 2. 11
2판 3쇄 발행 | 2020. 9. 10

지은이 | 이솝
엮은이 | 유동범
드로잉 | 고성원
본문디자인 | 토월기획
펴낸이 | 박옥희
펴낸곳 | 도서출판인디북

등록일자 | 2000. 6. 22
등록번호 | 제10-1993호
주   소 | 서울시 마포구 마포대로11나길6 2층(염리동)
전   화 | 02)3273-6895
팩   스 | 02)3273-6897

ISBN 978-89-5856-103-3 03890

이솝우화

이솝 지음 | 유동범 엮음

인디북

이솝우화 • • • • •

차례

· · · · · Aesop's · Fables

001
어린 양과 늑대

늑대에게 쫓기던 한 어린 양이 숲속의 사원으로 숨어들었다. 사원 밖의 늑대가 어린 양에게 소리쳤다.

"당장 그곳에서 나오는 게 좋을 거다. 안 그랬다간 스님한테 붙잡힐 테고, 그러면 스님은 널 잡아 제물로 쓸 것이다!"

그러자 어린 양은 이렇게 되받는 것이었다.

"그럴지도 모르지. 하지만 난 그래도 너한테 잡아먹히기보단 신의 희생물로 바쳐지는 쪽을 택하겠어."

■■■
목숨에 연연하지 말라. 중요한 것은 얼마나 오래 사느냐가 아니라, 어떻게 살다 가느냐이다.

002
오만한 노새

여물을 많이 먹어서 혈색이 좋고 살이 통통해진 노새가 껑충 껑충 날뛰며 돌아다니다가 꼬랑지를 바짝 치켜세우고 소리쳤다. "우리 엄만 경마 말이었어. 그러니까 나도 엄마 못지않게 훌륭하다고!"
그런데 한참을 날뛰다 보니 금방 기운이 빠져 녹초가 되어 버렸다. 순간 노새는 자기 아버지가 보통 노새였다는 사실을 상기하지 않을 수 없었다.

모든 사물은 두 가지 면을 지니고 있다.
어느 한쪽만을 믿고 섣불리 행동하기보다는 안 보이는 다른 한쪽을 잘 살피려는 노력이 필요하다.

003
무리한 경쟁

숲속의 여러 동물들이 한자리에 모여 축제를 벌이고 있었다. 분위기가 무르익은 가운데 한 원숭이가 일어나더니 무대 앞에 나가 춤을 추었다. 동물들은 원숭이의 뛰어난 춤 솜씨에 한결같이 찬사를 보냈다.

이에 낙타도 찬사를 듣고 싶었다. 그래서 자리에서 일어나 원숭이처럼 춤을 추었다.

그런데 그 꼴이 어찌나 우스꽝스럽던지 화가 난 동물들은 몽둥이질로 낙타를 쫓아 버렸다.

 ■■■ 경쟁은 인생의 법칙이다. 그러나 지나친 경쟁심은 자칫 일을 그르치게 만든다.

004
종달새의 넋두리

사냥꾼이 쳐 놓은 그물에 걸린 종달새 한 마리가 구슬픈 넋두리를 늘어놓았다.
"무슨 놈의 신세가 이리도 박복하단 말인가! 금이나 은처럼 값나가는 것도 아닌, 고작 옥수수 한 알 때문에 죽게 되다니!"

사소한 이익에 집착하다 큰 위기를 만난다.

005
목동의 거짓말

마을에서 가까운 언덕에 양 떼를 지키는 목동이 있었다. 혼자 양 떼나 지키고 있자니 심심하기만 했던 목동은 어느 날, 마을을 향해 소리쳤다.
"늑대다! 늑대가 나타났다!"
그 소리에 놀란 마을 사람들은 일제히 몽둥이를 들고 언덕 위로

16

뛰어올라 왔다. 하지만 늑대는 보이지 않았다. 사람들은 목동이 거짓말을 했다는 것을 알고, 욕을 하면서 돌아가 버렸다. 그런 사람들의 모습에 목동은 매우 즐거워했다.

그 뒤로도 목동은 세 번의 거짓말을 더 했고, 그럴 때마다 마을 사람들은 언덕 위로 올라왔다. 그러나 사람들을 기다리는 것은 언제나 목동의 비웃음뿐이었다.

그런데, 어느 날 정말로 늑대가 나타났다.

"늑대다! 늑대가 나타났다!"

겁먹은 소년은 진심으로 외쳤다.

그러나 마을 사람들은 목동이 또 장난을 치는 줄 알고 무시해 버렸다.

혼자뿐인 목동은 사방에서 날뛰는 늑대의 무리를 어쩌지 못했고, 늑대들은 결국 양 떼를 다 잡아먹어 치웠다.

 ■■■ 거짓말을 밥 먹듯 하면 언젠가는 진실을 말해도 아무도 믿어 주지 않는다.

006
신神을 파는 사내

어떤 가난한 사내가 나무로 헤르메스 신의 형상을 조각하여 시장에 팔러 나갔다. 그러나 한참이 지나도록 살 사람이 나타나지 않았다.

기다리다 못한 사내가 신상神像을 머리에 이고 소리쳤다.

"헤르메스 신입니다. 행운과 재물을 가져다주는 헤르메스 신을 사십시오!"

그러자 지나가던 한 행인이 물었다.

"정말로 행운과 부를 가져다준다는 거요?"

"그렇소."

행인이 코웃음을 쳤다.

"이보슈! 그렇게 영험한 신이면 당신이나 덕 볼 것이지 뭐 하러 남한테 팔려고 그러시오!"

"아, 그게 말입니다."

사내가 웃으며 둘러댔다.

"전 당장 급전이 필요한데, 신의 은총은 서두르는 법이 없기 때문에 그렇습죠."

 ■ ■ ■
재물에 현혹된 인간은 어리석어지기 마련이다.

여우의 지혜

하루는 사자가 지나가던 양을 불러 놓고 물었다.

"내 입에서 고약한 냄새가 나지 않느냐?"

그러자 양은 코를 벌름거리며 사자의 입냄새를 맡아 본 다음 말했다.

"냄새가 정말 지독한데요!"

그러자 사자는 벌컥 화를 내며 즉시 양을 잡아먹어 치웠다.

사자는 얼마 후 늑대를 불러서 똑같은 질문을 했다.

사자의 눈치를 살피며 늑대가 말했다.

"냄새라니오, 전 아무 냄새도 안 나는 걸요."

"이 천하의 아첨꾼 녀석아!"

이번에도 사자는 늑대를 잡아먹었다.

세 번째로 불려 온 것은 여우였다.

그런데 사자로부터 똑같은 질문을 받은 여우는 이렇게 말하는 것이었다.

"죄송합니다만, 전 지금 코감기를 앓고 있어서 아무런 냄새도 맡을 수가 없군요."

■ ■ ■
지혜는 샘이다. 그 물은 마시면 마실수록 또다시 솟구쳐 오른다.

008
당나귀와 매미

무더운 여름날, 당나귀가 나무 밑에서 매미들의 합창을 듣고 있었다.

당나귀가 감탄하며 부러운 듯이 물었다.

"너흰 무얼 먹기에 그렇게 아름다운 노래를 부를 수 있니?"

매미 한 마리가 짧게 대답했다.

"이슬요."

그 말을 들은 당나귀는 그날부터 아무것도 먹지 않고 오직 이슬만 받아먹었다. 그 결과 일주일도 넘기지 못하고 죽어 버렸다.

 ■ ■ ■
자기 분수를 잊고 설치다가 큰 화를 입는다.

009
사냥꾼과 종달새

어떤 사냥꾼이 나무와 나무를 연결하여 새그물을 치고 있었다. 그 광경을 지켜보던 종달새가 물었다.

"아저씨, 지금 무얼 하는 거예요?"

"도시를 하나 세우는 중이다."

사냥꾼은 그렇게 대꾸하고는 얼른 그 자리를 피했다.

사냥꾼의 말에 종달새는 그런가 보다 하고 위로 날아오르다가 그만 그물에 걸리고 말았다.

이때 숲에 숨어 있던 사냥꾼이 미소 지으며 나타났고, 종달새는 그에게 항의했다.

"이런 식으로 도시를 세우면 어느 누구도 살려고 하지 않을 거예요!"

 ■ ■ ■ 백성을 억압하고 착취하는 통치자 밑에서 살고 싶은 사람은 아무도 없다.

010
나그네의 약속

한 나그네가 여행 도중에 헤르메스 신께 기도했다. 길을 가다가 무얼 줍게 해 주면 그 절반을 바치겠노라고.

아닌 게 아니라 얼마쯤 가자 길가에 떨어져 있는 커다란 자루 하나가 보였다. 나그네는 혹시 그 안에 보석이 들어 있지 않을까 하고 얼른 열어 보았다. 하지만 그 안에 든 것은 복숭아와 야자였다. 나그네는 그것들을 꺼내 먹으며 길을 갔다. 복숭아는 다 먹은 후 딱딱한 씨만 남겼고, 야자도 껍질만 남기고 다 먹어 버렸다.

이윽고 헤르메스 신전에 도착한 나그네가 그것들을 내려놓고 말했다.

"신이시여, 약속한 대로 길에서 주운 것의 절반입니다. 여기 이 껍질과 씨를 합치면 딱 절반이 됩니다."

인간의 무한한 탐욕은 신까지 속이려고 든다.

22

011
은혜 갚은 독수리

어떤 머슴이 산길을 가다가 덫에 걸린 독수리 한 마리를 발견했다. 머슴은 독수리의 처지를 안쓰럽게 여기고 덫을 제거해 자유롭게 놓아주었다.

며칠 후 머슴은 어느 낡은 담 그늘에 앉아 쉬고 있었다. 그런데 갑자기 독수리가 머슴에게 달려들어 머리에 두르고 있던 수건을 낚아챘다. 화가 난 머슴이 독수리를 뒤쫓았고, 독수리는 담을 완전히 벗어난 곳에 그 수건을 떨어뜨렸다.

수건을 찾아 들고 자기가 쉬던 자리로 되돌아온 머슴은 독수리가 얼마나 영특한 방법으로 자신의 친절에 보답했는지 알게 되었다. 방금 전까지 머슴이 머물고 있던 담이 완전히 무너져 버렸던 것이다.

 ■■■
친절한 행동은 아무리 작은 것이라도 결코 헛되지 않다.

23

012
왕쇠똥구리의 복수

어느 날 토끼 한 마리가 독수리에게 쫓기고 있었다. 토끼는 독수리의 날카로운 발톱을 피해 달아나다가 도움을 청하려고 주위를 둘러보았다. 그러나 안타깝게도 그곳에는 왕쇠똥구리밖에 없었다. 토끼는 왕쇠똥구리에게 사정했다.

"왕쇠똥구리야, 독수리가 날 잡아먹으려고 해. 제발 나 좀 살려줘!"

"너무 걱정 마. 내가 어떻게든 해 볼게."

왕쇠똥구리는 그렇게 대답한 다음 독수리에게 애원했다.

"제왕이시여, 부디 가엾은 토끼를 놔주십시오!"

그러나 왕쇠똥구리가 작고 보잘것없는 존재임을 한눈에 파악한 독수리는 대답 대신 날쌔게 토끼를 낚아챘다. 그리고는 아무렇지도 않게 토끼를 먹어 치웠다.

왕쇠똥구리는 자신의 간절한 바람을 무시해 버린 독수리가 그렇게 미울 수가 없었다. 가슴에 한을 품게 된 왕쇠똥구리는 그날부터 독수리가 둥지를 트는 곳마다 끈질기게 따라다녔다. 그래서 독수리가 알을 낳으면 둥지 속으로 기어들어 가 알을 둥지 밖으로 굴려 깨뜨려 버렸다.

사정이 이렇게 되자 독수리는 제우스 신을 찾아가 부탁했다. 제우스 신의 성스러운 수호새의 알을 지켜 달라고. 그러자 제우스 신

24

왕 쇠똥구
리야 독수리가
날 잡아먹으려고
해 나좀살려줘

적 내
마 어 내
정 떻 떻
가 해 볼
게 봤 게
너
무

은 독수리가 자기 무릎에다 알을 낳도록 허락해 주었다.

지혜로운 왕쇠똥구리는 이 모든 일을 훤히 꿰뚫고 있었다. 그래서 쇠똥으로 작은 공을 빚어 들고 하늘로 날아올라 제우스 신의 무릎에다 떨어뜨렸다. 그러자 깜짝 놀란 제우스 신이 그 똥을 털어 버리기 위해 불쑥 일어섰고, 그 바람에 애써 보호되던 독수리 알은 굴러 떨어지고 말았다.

그후 독수리들은 왕쇠똥구리가 활동하는 계절에는 알을 낳지 않았다.

■ ■ ■
아무리 보잘것없는 사람도 함부로 경멸해서는 안 된다. 그에게도 언젠가 모욕을 되갚을 힘은 숨어 있기 때문이다.

013
까마귀의 독수리 흉내

독수리 한 마리가 바위 꼭대기에서 내려오더니 쏜살같이 어린 새끼 양 한 마리를 덮쳤다.

그 날랜 솜씨를 부러워한 까마귀는 자신도 독수리처럼 하고 싶었다. 그래서 틈을 보아 어떤 숫양의 등을 날쌔게 덮쳤다. 하지만 발톱이 양털에 엉키는 바람에 아무리 용을 써도 빠져나올 수가 없었다.
때마침 그 장면을 목격한 양치기가 달려왔고, 손쉽게 까마귀를 붙
잡은 그는 아이들에게 먹이려고 집으로 가져갔다.
"그게 무슨 새죠?"
아이들의 물음에 양치기가 대답했다.
"내가 보기엔 까마귀인데, 글쎄 이 녀석이 독수리 행세를 하려고
했지 아마?"

능력을 넘어선 무리한 도전은 성공 확률도 낮을 뿐더러 조롱당하기 쉽다.

014
농부의 말

벌과 자고새는 목이 몹시 말랐다.
견디다 못한 그들은 어떤 농부를 찾아가 물을 좀 달라고 사정하면
서, 만약 물을 주면 그 대가로 일을 해 주겠노라고 했다. 자고새는
포도밭을 전부 갈아 주겠다고 했고, 말벌은 주위를 맴돌다가 도둑
이 들면 쏘아서 쫓아 버리겠다고 했다.

그러자 농부는 이렇게 대답하는 것이었다.

"나는 황소 몇 마리를 가지고 있지. 근데 이놈들은 뭐가 어쩌고저쩌고 하는 그런 약속 같은 것은 하나도 안 해. 그러면서도 제 할일은 다하지. 이런 녀석들이 있는데 내가 뭘 더 바라겠니? 아무래도 난 너희에게 물을 줄 필요가 없을 것 같구나."

필요할 때마다 약속을 남발하여 남을 현혹하는 자는 언젠가 해를 끼친다.

015
석류나무와 사과나무

석류나무와 사과나무가 서로 자기가 아름답다며 다툼을 벌였다. 그들의 싸움이 그칠 줄을 모르자, 한구석에서 웅크리고 있던 가시덤불이 고개를 들고 참견했다.

"이제 그만두시오. 다 같은 나무끼리 잘났으면 얼마나 잘났다고 그 난리요!"

모름지기 윗사람들은 모범을 보여야 한다. 그렇지 않으면 아랫사람들로부터 우스운 꼴을 당한다.

016
개미와 여치

첫눈이 내린 어느 추운 날이었다.

개미가 여름 내내 갈무리한 보리를 햇볕에 내다 말리고 있었다. 그때 굶주림에 지쳐 배가 등에 붙어 버린 여치 한 마리가 찾아와 사정했다.

"겨울 먹이를 구할 길이 없으니, 목숨이나마 연명할 수 있게 좀 도와주게. 모쪼록 그 보리 한 입만이라도 먹게 해 주면 안 되겠나?"

그러자 개미가 게으름뱅이 여치에게 물었다.

"지난여름 당신은 무얼 하고 있었나요?"

여치가 말했다.

"나도 순 게으름만 피웠던 것은 아닐세. 여름 내내 노래를 부르고 있었지."

그러자 개미가 곡식 창고를 꼭꼭 여닫으며 한마디 하는 것이었다.

"여름 내내 노래 부를 수 있었다면, 당신은 겨우내 춤을 출 수도 있겠군요."

■■■
겨울이 돼 봐야 여름에 무엇을 저축했는지 알 수 있다.
젊어서 얼마나 많은 땀방울을 흘렸는가 역시 늙은 후에 알 수 있다.

017
새끼 염소와 늑대

높다란 지붕 위에 올라가 있던 새끼 염소 한 마리가 그 밑을 지나가던 늑대에게 욕설을 퍼붓기 시작했다.

"이 교활한 늑대 놈아……!"

참다못한 늑대가 멈추어 서서 소리쳤다.

"이 비겁한 놈아. 나를 욕하는 것은 네가 아니라 지금 네가 서 있는 장소란 사실을 잊지 말아라. 네놈이 여기로 내려와서도 나한테 그럴 수 있겠어?"

 ■■■ 명심하라. 좋은 시절은 자주 오지 않는다.

018
여우의 충고

한 사내가 우연히 날짐승 중의 제왕, 독수리 한 마리를 생포했다. 사내는 독수리의 양 날개 끝을 자른 다음 자기 집 가축들과

30

함께 살도록 농장 앞마당에다 풀어놓았다. 그러자 독수리는 슬픔에 겨워 아무것도 먹지 않았다.

얼마 후 다른 사내가 나타나 그 독수리를 발견하고는 후한 값을 치르고 사 갔다. 그는 독수리의 날개깃을 세워 주고 상처에 약을 발라 새 깃털이 나게 해 주었다.

그리하여 다시금 창공을 날게 된 독수리는 얼마 후 토끼 한 마리를 발견했다. 그리고는 날쌔게 그 토끼를 낚아채 자기를 치료해 준 주인에게 갖다 바쳤다.

그 광경을 지켜본 여우가 혀를 끌끌 차며 말했다.

"이 친구야, 토끼는 첫 번째 주인에게 갖다 바쳐야지!"

독수리가 물었다.

"그게 무슨 소리야? 날 다시 날게 해 준 건 두 번째 주인인데?"

여우가 말했다.

"두 번째 주인은 천성적으로 착한 사람일 뿐이야. 자넨 오히려 첫 번째 주인에게 충성을 다해 다시는 자넬 잡아서 날개를 자르지 말아 달라고 빌어야 한다고!"

■ ■ ■
불행의 근원을 찾아야 한다.

019
추방당한 갈까마귀

어떤 갈까마귀가 자신의 몸집이 제일 크다는 이유만으로 동료들을 무시했다. 그러다 어느덧 까마귀들과 한패가 되었고, 그들에게 같이 머물게 해 달라고 부탁했다.

그러나 겉모습과 목소리가 이상했기 때문에 까마귀들은 그를 마구 때려서 쫓아 버렸다.

하는 수 없이 그는 다시 갈까마귀들을 찾아갔다. 그러나 이전의 무시당했던 일로 화가 나 있던 갈까마귀들은 그를 받아 주지 않았다. 결국 갈까마귀는 두 집단 어디에도 낄 수 없게 되었다.

■ ■ ■
사방을 기웃거리는 기회주의자는 어디에도 낄 수 없으며, 그 누구도 말을 들어주지 않는다.

020
평화조약

하루는 대장 늑대가 양들에게 사절을 보내, 양 떼를 지키는 개들을 자신들에게 넘겨 달라고 요청했다. 그렇게만 하면 더 이상의 침략 없이 영원한 평화를 약속한다는 것이었다.

늑대의 말을 믿은 양들이 개들을 넘기려 하자, 한 늙은 양이 큰소리로 꾸짖었다.

"우리가 어떻게 저들과 평화로울 수 있겠는가? 주인의 심복인 개들이 지켜 줄 때조차도 불안하여 풀을 뜯지 못하면서 말이다."

 ■■■
화해할 수 없는 적과는 결코 가까이해서는 안 된다.

021
노예의 본질

한 백인이 인도 노예를 샀는데, 노예의 피부색이 새까맸다. 백인은 노예의 전前 주인이 잘 돌보지 못해서 살빛이 까맣게 되었다고 생각하고, 집에 데려온 즉시 비누로 박박 씻기기 시작했다. 그는 노예를 하얗게 만들어 보려고 온갖 수단을 다 동원해 보았지만, 본래 피부색을 바꿀 수는 없었다.

■ ■ ■
본질은 한눈에 꿰뚫어 볼 수 있는 것, 그 어떤 물리적인 힘도 그것을 바꿀 수는 없다.

022
종달새의 태평

종달새가 아직 덜 여문 옥수수 밭에 둥지를 틀었다. 그리고 옥수수의 부드러운 싹을 잘라 어린 새끼들에게 먹였다.
시간이 지나 종달새의 새끼들도 크고 옥수수도 어느 정도 여물었다. 옥수수 밭을 둘러본 주인이 혼잣말로 중얼거렸다.

"이제 함께 추수할 친구를 불러와야 할 때로군."

종달새 새끼 중의 하나가 그 말을 듣고 아빠 종달새에게 말했다.

"우리도 어서 새 보금자리를 찾아야 하지 않나요?"

"아직 떠날 필요는 없단다."

아빠 종달새가 대답했다.

"친구가 도와주겠거니 하고 생각하는 사람은 일을 그다지 서둘지 않을 거야."

며칠 후 밭을 돌아본 농부는 뜨거운 햇볕에 시들어 가는 옥수수를 보았다.

"내일이라도 당장 추수할 친구들과 운반할 사람을 고용해야겠군."

"이젠 정말 우리도 어디론가 떠나야 할 때가 된 것 같군."

종달새가 새끼들에게 말했다.

"그가 친구들 대신 자기 스스로를 믿고 있다면 말이야."

위급한 일을 당했을 때에야 기도를 찾는다.
명심하라. 발등에 불이 떨어진 뒤에는 너무 늦다.

023
돈 때문에

한 부유한 집안에 딸 둘이 있었는데, 어느 날 갑자기 둘째 딸이 사고를 당해 죽었다. 부자 부부는 돈을 주고 상갓집마다 찾아다니며 곡을 해 주는 사람들을 고용했다.

구슬피 우는 그들의 모습을 지켜보던 첫째 딸이 엄마에게 말했다.

"우린 식구도 아녜요. 아무런 상관도 없는 사람들도 저렇게 통곡하고 있는데, 가족이라는 우린 정작 우는 방법조차 모르고 있잖아요."

그러자 그녀의 어머니는 이렇게 말하는 것이었다.

"그렇게 생각할 필요 없다. 저 사람들이 저러는 건 다 돈 때문이니까."

 ■ ■ ■
형식이 지나치면 내용의 본질조차 뒤바뀌고 만다.

024
수중의 먹이

매 한 마리가 참나무 위에서 노래를 부르고 있던 나이팅게일을 덮쳤다. 나이팅게일은 필사적으로 몸부림치면서 살려 달라고 애원했다.

"제 작은 몸은 매님의 한 끼 식사거리도 되지 않습니다. 그러니 좀 더 큰 새를 잡는 것이 어떻겠어요?"

하지만 매는 매몰차게 말했다.

"날더러 수중에 넣은 먹이를 놔두고 언제 나타날지 모르는 것을 쫓으라고? 넌 내가 그렇게 한심해 보이냐?"

■ ■ ■
큰 욕망에 사로잡혀 먼 곳을 바라볼 필요가 없다. 해야 할 일은 당장 눈앞의 것을 확실한 내 것으로 움켜쥐는 일이다.

025
수탉과 고양이

수탉 한 마리를 붙잡은 고양이는 수탉을 잡아먹는 데 그럴싸한 명분을 찾고 싶었다. 그래서 아침마다 시끄럽게 울어 대서 사람들의 단잠을 깨운다는 죄목을 붙였다.

수탉이 어이없어하며 항변했다.

"사람들을 깨우는 건 사실이지만, 덕분에 그들이 잠자리에서 일어나 일하러 갈 수 있게 해 주잖아요."

그러자 고양이는 수탉이 자매들과 문란한 관계를 가짐으로써 자연의 법칙을 위배했다는 새로운 죄목을 찾아냈다.

이번에도 수탉이 자신의 정당함을 주장했다.

"그것 역시 주인을 위한 거예요. 그래야 암탉들이 계란을 낳잖아요."

고양이가 결국 그 수탉을 물어뜯으며 말했다.

"아무리 입바른 소릴 지껄여 봐야 소용없어. 난 당장 끼니가 필요하니까!"

 ■ ■ ■ 악한 자에게 자비를 구하려 애쓰지 말라.

026

남의 옷

제우스 신이 새들에게 정해진 날짜에 한자리에 모일 것을 명령했다. 그리고 그날 아주 잘생긴 새를 골라 새들을 통치할 왕을 뽑겠다고 했다.

새들은 모두 강둑으로 내려가 몸단장을 하기 시작했다.

하지만 갈까마귀는 자신이 얼마나 못생겼는지를 진작부터 잘 알고 있었다. 그래서 다른 새들이 떨어뜨린 깃털을 모아 자기 몸을 치장하였고, 결국 가장 화려한 새가 되었다.

지정된 날이 오자, 깨끗이 단장한 새들은 제우스 앞에서 행진을 벌였다. 그들 속에는 얼룩덜룩한 깃털로 장식한 갈까마귀도 끼어 있었다.

갈까마귀의 돋보이는 풍채를 본 제우스가 그에게 왕관을 수여하려고 했다. 그런데 이때 다른 새들이 갈까마귀의 몸에 장식품처럼 꽂혀 있던 자신들의 깃털을 가져가 버렸다.

결국 발가벗겨진 그는 다시 볼품없는 갈까마귀로 되돌아갔다.

■ ■ ■
채무는 자유를 노예로 전락시킨다.
빌려 온 것은 빌려 온 것일 뿐, 결코 내 것이 아니다.

027
공작의 아름다움

새들이 어느 날 자신들의 왕을 선출하기로 했다.

여러 새들이 나선 가운데 공작도 입후보를 하면서 자기주장을 펼쳤다.

"왕은 모름지기 그 아름다움이 특출나야 합니다."

그러면서 그는 다른 어떤 새들보다 아름다운 깃털을 뽐냈다.

대부분의 새들이 아름다운 공작을 왕으로 결정지으려고 할 때였다. 까마귀가 선뜻 앞에 나서며 소리쳤다.

"네가 왕이 된다면, 독수리가 우릴 덮치려고 할 때 넌 어쩔 셈이지?"

 ■ ■ ■
겉모습이 전부는 아니다.
군주는 아름다움뿐만 아니라 힘과 분별력도 갖추어야 한다.

독수리가 네가 왕이 된다면 우리를 덮치려고 할 때 넌 어쩔 셈이지

028
가시덤불 위의 살무사

살무사 한 마리가 가시덤불 위에 누워 잠이 들었는데, 때마침
불어난 물에 가시덤불이 둥둥 떠내려가게 되었다.
물가에서 그 광경을 본 여우가 깔깔거리며 놀려 댔다.
"꼴좋다! 가시덤불 위에 살무사라, 그 배에 딱 맞는 사공이로구나!"

악한 이의 불행은 많은 사람의 즐거움이 되지 않는가.

029
까마귀의 비열함

덫에 걸린 까마귀가 신께 기도했다. 만일 자기를 구해 준다면
아폴로 신을 위한 향연을 베풀겠노라고.
기도의 효험 때문인지 까마귀는 무사히 덫을 벗어날 수 있었다.
하지만 까마귀는 자신이 한 약속을 새까맣게 잊어버렸다.
얼마 후 까마귀는 또다시 덫에 걸렸다. 까마귀가 이번에는 아폴로

신을 모른 척하고 헤르메스 신께 기도했다.

그러자 헤르메스 신이 이렇게 대꾸하는 것이었다.

"비열한 녀석 같으니라고! 네 녀석이 먼젓번 은인을 못 본 체하는데, 내가 너를 믿어 줄 것 같으냐?"

 ■■■ 조금만 불리해져도 약속을 지키지 않는 것이 비열한 인간의 특징이다.

030
고양이의 왕진

근처에 있는 농장의 닭들이 병을 앓고 있다는 소식에 고양이의 두 눈이 휘둥그레졌다. 고양이는 곧 의사로 변장하여 의료 장비를 챙겨 들고는 서둘러 그 농장을 방문했다.

"그래, 병세가 어떤가?"

고양이의 물음에 닭들이 한결같이 대답했다.

"아주 좋아요. 댁만 여기서 꺼져 준다면요!"

 ■■■ 분별이란 선과 악의 본질을 정확하게 꿰뚫어 보는 힘이다.

031
개구리들의 도움

살무사가 물을 마시려고 하자, 샘물가에 사는 물뱀이 발끈 화를 내면서 가로막았다.

"여긴 내 땅이다. 그러니 썩 꺼져라!"

이에 살무사가 제안했다.

"그러지 말고 모든 것을 싸움으로 결정하는 게 어때? 내가 이기면 이 샘물은 내 것이고, 네가 이기면 내 풀밭을 내어 주마!"

물뱀이 선선히 그러자고 했다. 그리고 결투 시간은 이튿날 아침 해 뜰 무렵으로 정했다.

그날 밤, 소문을 들은 개구리가 살무사를 찾아왔다.

"살무사님, 내일 아침 싸우실 때 제가 친구들과 함께 힘이 되어 드리겠습니다."

수시로 물뱀에게 잡아먹히는 개구리로서는 살무사가 이기기를 원했다.

살무사가 고마워하며 말했다.

"그럼 내일 아침에 좀 도와다오."

다음날, 다시 만난 살무사와 물뱀은 치열한 전투를 벌였다. 그리고 그 옆에는 많은 개구리들이 몰려나와 살무사를 응원해 주었다. 그런데 개구리들이 자기편이 되어 같이 싸워 줄 것으로 기대했던

44

살무사는 적잖이 실망스러웠다. 개구리들이 시끄럽게 마구 떠들어대는 바람에 오히려 거추장스러웠던 것이다. 아무튼 독이 많고 매섭고 날쌘 살무사가 승리를 거두었다.

싸움이 끝난 후 살무사가 개구리들을 꾸짖었다.

"너흰 도대체 뭐냐? 편을 들어 준다고 해 놓고선 구경만 하고! 어찌나 시끄러운지 방해만 되었다!"

그러자 겁먹은 개구리들이 커다란 눈망울을 깜빡거리면서 대꾸했다.

"하지만 살무사님, 우리 개구리로선 그게 있는 힘을 다한 것인데요?"

"글쎄, 시끄럽다니까!"

 ■■■
힘을 필요로 하는 일에 말로만 도와준다는 것은 오히려 조롱에 가깝다.

032
거짓말

두 사람이 정육점에 들어왔다.

그런데 주인이 등을 돌린 사이, 한 사람이 고기 한 덩어리를 자기 친구의 외투 주머니에 몰래 넣었다.

한눈에 고기가 없어진 사실을 눈치 챈 주인이 두 청년을 의심했다.

"당신들, 여기 있는 고기 못 봤소?"

"그게 무슨 소리요?"

고기를 훔친 청년은 맹세코 도둑질을 하지 않았다고 주장했고, 옆의 바람잡이 역시 자기 친구는 고기를 훔치지 않았다고 우겼다.

그러자 두 사람의 속내를 꿰뚫어 본 주인이 잘라 말했다.

"거짓말로 나를 속일 수 있을지는 몰라도, 신은 속일 수 없다는 사실을 명심하시오!"

어떤 사람을 항상 속일 수 있고, 모든 사람을 얼마간 속일 수 있을지는 몰라도, 모든 사람을 항상 속이지는 못한다.

033
기도

바다 한가운데를 항해하던 커다란 배가 풍랑을 만나 침몰할 위기에 처했다.

그러자 배 위의 승객들은 저마다의 신을 부르며 기도했다. 배가 무사히 육지에 닿게 해 준다면 감사의 표시로 많은 재물을 바치겠노라고. 정말 최선을 다해 살겠노라고!

얼마 후 폭풍우가 멎고 파도도 잔잔해졌다. 목숨을 건진 사람들이 기뻐 날뛰면서 춤을 추었다. 그때 키를 잡고 있던 갑판장이 나서면서 말했다.

"다들 기뻐하는 건 좋습니다만, 앞으로 또다시 풍랑을 만나게 될지도 모르는 그런 사람처럼 기뻐하십시오!"

■■■
흥분을 가라앉히는 것, 그것이 슬픔을 정복하는 가장 좋은 무기이다.

034
위胃와 다리

사람의 다리와 위가 서로 자기가 하는 역할이 크다며 말다툼을 벌였다.

다리가 먼저 말했다.

"우선 난 힘을 쓰지. 그래서 너를 담고 있는 배를 이고 왔다갔다하는 거라고!"

위가 도리질을 하면서 대꾸했다.

"그런데 만약 내가 너한테 영양분을 나누어 주지 않는다면, 네가 어디서 그런 힘이 생겨서 움직일 수 있겠니?"

 ■■■ 지엽적인 문제에 매달릴 것이 아니라 근본을 따져 보고 실천하는 것이 옳다.

035
대머리 사내

어떤 대머리 사내가 디오게네스에게 욕을 퍼붓자, 디오게네스가 빙그레 미소 지으며 대꾸했다.

"나는 당신처럼 욕을 하지는 않겠소. 그저 한마디만 한다면, 달아나 버린 당신의 머리칼에 대해서나 할까? 그것도 칭찬을 말이오."

"그건 무슨 뜻이지?"

디오게네스가 말했다.

"당신의 머리칼들이야말로 그 고약한 머리에서 일찌감치 떠나갔으니, 그 현명함을 칭찬해야 하지 않겠소!"

■■■
남을 비난하면 자신에게는 그보다 훨씬 더한 모욕이 돌아온다.

036
까마귀의 예언

어떤 부인이 용하다는 점술가를 찾아가 자기 아들의 운명을 물었다. 그러자 점술가는 놀랍게도 아들이 머잖아 까마귀한테 죽임을 당할 것이라는 불길한 예언을 했다.

집에 돌아온 부인은 어떻게든 아들을 살리고 싶은 마음에 한 가지 묘안을 짰다. 까마귀가 접근하지 못하도록 커다란 궤짝을 하나 만들어서 그 속에다 아들을 집어넣고는 끼니때마다 먹을 것을 넣어 주는 것이었다.

그날도 아침 식사를 넣어 주려고 궤짝 뚜껑을 열 때였다. 아이가 불쑥 머리를 내밀었는데, 때마침 까마귀처럼 생긴 손잡이가 떨어지면서 그만 아이의 머리를 때렸다.

까마귀에게 죽임을 당하리라던 점술가의 예언은 정확히 맞아떨어졌다.

■ ■ ■
남의 말을 액면 그대로 받아들이지 말라.

037
부러진 염소 뿔

해질녘 목동이 염소 떼를 불러 모으는데, 유독 한 마리만이 무리에서 떨어진 채 모일 생각을 하지 않았다.

이에 목동은 별생각 없이 돌멩이를 주워 그 염소를 향해 던졌는데, 어찌나 정확했던지 그만 뿔을 맞혀 부러뜨리고 말았다.

목동이 염소에게 다가가 사과했다.

"내가 너무 심했구나, 미안해."

그러면서 목동은 이렇게 부탁했다.

"이 일은 목장 주인한테는 비밀로 해 줘. 알았지?"

그러자 염소가 대꾸했다.

"내가 아무리 입을 다물어 봐야 무슨 소용 있겠어요. 눈 달린 사람이라면 단번에 뿔이 부러진 사실을 알 텐데……."

■ ■ ■
증거가 명백한 과실은 애써 감추려 하지 않는 것이 좋다. 자칫하다간 더 큰 오해를 받기 십상이다.

038
소나무 쐐기

나무꾼이 커다란 소나무를 쓰러뜨리기 위해 도끼로 나무 밑동에 상처를 낸 다음, 소나무로 만든 작은 쐐기를 박아 넣었다. 얼마 후 소나무가 쓰러지면서 탄식했다.

"내 몸으로 만든 쐐기가 나를 죽이다니! 나를 찍는 도끼보다 더 밉구나!"

 ■■■ 적에게 당하는 괴로움보다 자기편의 배신이 더 참기 힘들다.

039
수탉과 자고새

양계를 하는 사내가 시장에서 자고새를 사다가 수탉 우리에 집어넣었다. 그러자 수탉들은 자고새를 사정없이 쪼아 대며 못살게 굴었다. 자고새는 수탉들이 텃세를 부린다는 생각에 우울해했다. 그러나 얼마 후 수탉들이 자기네들끼리 뒤엉켜 싸우다가 끝내 피까지 보게 되자, 자고새는 속으로 생각했다.

"수탉들이 못살게 군다고 불평하지 말아야겠구나. 자기들끼리 싸울 때도 사정을 봐주지 않는 족속들이니 말이야."

■ ■ ■
바보가 아니고서는 불량배가 되지 않는다.
모든 우둔愚純을 다 길어 올려야 비로소 맨 밑에 있는 지혜에 도달할 수 있다.

040
개 짖는 소리

어느 날 새끼 사슴이 아빠 사슴에게 물었다.

"아빠는 개보다도 크고, 잘 달리고, 냄새도 잘 맡고, 기다란 뿔까지 갖고 있으면서 왜 그렇게 개를 무서워해요?"

아빠 사슴이 웃으며 대답했다.

"네 말이 옳구나. 나도 개쯤이야 하고 생각하고 있지. 하지만 막상 개 짖는 소리만 들려오면 발이란 놈이 저절로 뛰기 시작하는 걸 낸들 어쩌겠니?"

■ ■ ■
두려움을 없애지 않고서는 한시도 안전할 수 없으며 어떤 것도 도모할 수 없다.

041
이솝의 강연

어느 날 이솝이 이웃 마을 해안에 위치한 조선소를 방문했다. 선박 기술자들이 이솝을 빙 둘러쌌고, 그들은 이솝에게 천지창조에 관한 갖가지 질문을 퍼부으며 그의 난처해하는 표정을 즐겼다. 이런저런 질문에 대꾸하던 이솝이 마침내 사람들을 향해 한바탕 연설을 펼쳤다.

"태초 이 세상에는 혼돈과 물뿐이었습니다. 그러나 제우스 신께서 또 다른 원소인 땅이 나타나게 하셨고, 그 땅에게 바다를 세 번 삼키라고 명하셨지요. 땅은 제우스 신이 시키는 대로 바다를 한 번 삼켰고, 그 덕분에 산들이 생겨났습니다. 또 두 번째로 바다를 삼키고는 평원을 낳았습니다. 이제 땅이 세 번째로 바다를 삼키면, 여러분들은 모두 실업자가 될 것입니다."

 ▪▪▪ 슬기로운 자는 조심스레 악을 피하고, 어리석은 자는 멋대로 날뛴다.

042
여우와 황새

숲속의 여우와 물가의 황새가 친구가 되어 우정을 쌓고 있었다. 어느 날 여우가 황새를 자기 집으로 초대했고, 황새도 흔쾌히 응했다. 여우는 맛있게 요리한 국물을 접시에 담아내어 황새에게 먹으라고 하고는 자기도 먹기 시작했다. 하지만 긴 부리의 황새는 넓은 접시에 담긴 국물을 도저히 먹을 수가 없었다. 황새가 당혹해하자 여우는 빙글빙글 웃으며 황새의 몫까지 먹어 치웠다.

망신을 당하고 돌아온 황새가 며칠 후 여우를 자기 집으로 초대했다. 그리고는 맛있는 음식을 기다란 병 속에 담아내 왔다. 그러자 이번에는 주둥이가 짧은 여우가 먹을 수 없었다.

황새가 병 속에 긴 부리를 넣어 음식을 꺼내 먹고는 꿔다 놓은 보릿자루처럼 앉아 있는 여우에게 말했다.

"자넨 이런 음식을 좋아하지 않는 모양이군. 그럼 내가 자네 몫까지 먹을 수밖에……."

■■■
남을 곤경에 빠뜨리면 자신에게도 틀림없이 똑같은 어려움이 찾아온다.

043
큰 사람, 작은 사람

먼 옛날, 사람을 만들고 난 제우스 신은 헤르메스 신을 불러 사람들에게 이성理性을 넣어 주라고 지시했다.

헤르메스 신은 커다란 이성 덩어리를 똑같은 크기로 잘라서 한 사람 앞에 하나씩 넣어 주었다. 그 결과 작은 사람은 몸집에 비해 이성이 컸기 때문에 영리한 사람이 되었고, 큰 덩치들은 몸집에 비해 이성이 작았으므로 생각이 부족한 사람이 되었다.

지혜와 힘이 꼭 비례하는 것은 아니다.

044
나귀와 노새

나귀와 노새가 함께 길을 가고 있었다.

나귀는 자신이 노새와 같은 양의 짐을 지는 것에 대해 불평을 늘어놓았다. 노새가 자기보다 두 배는 더 무거운 짐을 질 수 있다고 생각했기 때문이다.

그로부터 얼마 후, 나귀가 지쳐서 더 이상은 짐을 지고 갈 수 없다는 것을 안 주인은, 나귀의 짐 일부를 노새의 등에 옮겨 실었다. 그리고 얼마쯤 더 가서는 아예 짐 전부를 노새의 등에 옮겨 실었다. 노새가 힐끗 나귀를 쳐다보며 물었다.

"이봐, 친구! 이제부턴 내가 자네보다 두 배는 더 먹어야 공평하지 않을까?"

시작도 중요하지만, 결과는 더욱 소중하다.

045
어부의 그물코

한 어부가 배를 타고 나가 바다에 그물을 던졌다.

그러자 큰 물고기들은 모두 그물코에 걸려 올라왔으나, 작은 물고기들은 그물코를 빠져나가 달아나 버렸다.

때로는 약한 자가 강할 때가 있는 법이다.

046
고자와 무당

어떤 고자가 한보따리의 재물을 싸 들고 무당을 찾아가 부탁했다.

"결혼한 지 삼 년이 지났지만 아직 자식이 없소. 그래서 당신을 찾아왔으니, 부디 신께 부탁하여 아들 하나만 낳게 해 주시오."

그러자 무당은 싸늘한 표정으로 잘라 말했다.

"재물을 봐서라도 당신의 소원을 빌어 주고 싶지만, 어쩌겠소? 당신 얼굴을 봐서는 아무래도 아이 아버지가 되긴 틀린 것 같구려!"

 ■■■ 이룰 수 없는 꿈은 애당초 꾸지 않는 것이 낫다.

재물을 바서라도 당신의 소원을 빌어주고 싶지만 당신 얼굴을 보서는 아무래도···

047
참새와 까마귀

수다쟁이 참새가 까마귀에게 한바탕 엉터리 자랑을 늘어놓았다.

"나는 숫처녀로, 아테네 임금님의 막내딸이라오."

까마귀는 귀가 번쩍 뜨여 물었다.

"그게 정말인가?"

그러자 참새는 신이 나서 이렇게 덧붙이는 것이었다.

"어디 그뿐인가요. 성미 사납고 마음보 고약한 테레우스를 잘 아는데, 녀석은 노래 잘하는 나를 질투하여 가위로 내 혀를 잘라 버리기까지 했는 걸요."

까마귀가 빈정대는 투로 말했다.

"잘린 혀로도 그렇게 말을 잘하니, 혀가 있었으면 얼마나 대단한 수다쟁이였겠소!"

 ■■■ 거짓말을 하다 보면 어느새 자기도 모르게 모순을 드러낸다.

048
집비둘기와 산비둘기

새잡이가 나뭇가지에 그물을 쳐 놓고, 그 밑에 길들인 집비둘기 몇 마리를 놀게 했다. 그리고는 멀찌감치 숨어서 망을 보았다. 얼마 후 한 떼의 산비둘기들이 나타났다.

"저기 우리와 같은 비둘기들이 놀고 있다. 우리도 내려가서 같이 놀자!"

하지만 내려오던 산비둘기들은 새잡이가 쳐 놓은 그물에 몽땅 걸려들고 말았다.

산비둘기들이 집비둘기들을 향해 비난을 퍼부었다.

"너흰 우리와 같은 비둘기면서도 어째서 위험을 알려 주지 않고 우릴 잡히게 하는 거냐?"

그러자 집비둘기들은 이렇게 대꾸하는 것이었다.

"너무 원망 마시오. 우리에겐 동족을 돕는 일보다 주인을 받드는 일이 더욱 중요하니까."

■■■
겉모습만 보고 상대방을 믿어서는 안 된다.

049
백조의 노래

어떤 사람이 백조의 노랫소리가 아름답다는 것을 알고 백조 한 마리를 사들였다.

얼마 후 그의 집에서 파티가 열렸고, 주인은 백조에게 노래 한 곡조를 선사해 달라고 부탁했다. 그러나 백조는 매우 시무룩한 표정을 짓더니 입을 꾹 다물어 버렸다.

세월이 흐른 뒤, 백조는 자신의 죽음을 예감하고 노래를 부르기 시작했다. 흔히 백조들은 죽음의 순간에 노래를 부른다고 한다. 그 노랫소리를 들으며 주인이 말했다.

"네가 죽어 가는 순간에야 노래를 한다면 이전에 부탁한 내가 바보였구나. 차라리 너에게 죽을 준비나 시키는 게 좋았을 것을……"

사람들은 자신에게 득이 되지 않는다고 판단되면 약해지기 마련이다.

050
꼬리의 고집

어느 따스한 봄날, 뱀 한 마리가 나들이를 떠났다.

문득 뱀 꼬리가 말했다.

"난 왜 항상 꽁무니만 따라다녀야 하는 거지? 오늘은 내가 앞장설 테니 너희 입이랑 눈이랑 모두 내 뒤를 따라와!"

머리가 고개를 흔들며 타일렀다.

"그건 말도 안 돼. 넌 애초부터 우리 뒤를 따라오게 되어 있다고."

하지만 꼬리는 결코 고집을 꺾지 않았다. 그래서 뱀은 할 수 없이 난생 처음 거꾸로 기어가게 되었다.

그러나 눈도 없는 꼬리가 무작정 내달리니 무사할 리가 없었다. 뱀은 결국 낭떠러지에 떨어져 상처투성이가 되고 말았다.

■ ■ ■
무모한 하극상은 오래가지 못한다.

63

051
뜻밖의 횡재

고깃배를 몰고 바다에 나간 어부들은 오랜 그물질에도 이렇다 할 수확이 없자 걱정이 이만저만이 아니었다. 어부들은 일손마저 놓은 채 슬픔에 잠겨 있었다.

바로 그때였다. 상어 떼에게 쫓기던 다랑어 한 마리가 살기 위해 발버둥 치다가, 펄쩍 공중으로 뛰어올라 툭 하고 고깃배 위로 떨어졌다.

뜻밖의 횡재를 한 어부들은 그 다랑어를 팔아 큰돈을 벌었다.

■■■
훌륭한 기교로도 안 되는 것을 전혀 뜻밖에, 넉넉하게 베푸는 힘이 곧 우연이다. 인간은 우연을 고려하지 않으면 안 된다. 우연이란 분명히 하느님을 말하는 것이다.

052
어부들

바다 위에 떠 있는 고깃배에서 힘을 합쳐 그물을 끌어 올리던 어부들은 묵직한 느낌에 힘이 절로 났다. 풍어豊漁에 대한 기대로 다들 어깨춤을 추며 기뻐했다.

그러나 막상 갑판 위로 끌어 올린 그물 속에는 잔챙이 몇 마리가 전부였고, 나머지는 모두 돌멩이와 쓰레기뿐이었다. 기대가 컸던 어부들은 깊은 상심에 일손마저 놓고 말았다.

그러자 그들 중에서 나이 지긋한 한 어부가 말했다.

"너무 낙심하지들 말게나. 기쁨의 누이는 슬픔이라고 하지 않던가. 때 이른 기쁨을 누렸으니 슬픔이 따라오는 게 당연하다네."

성공이 완전무결하여 어떤 공포나 불쾌감이 없는 것도 아니요, 실패라고 해서 만족이나 희망이 일절 없는 것도 아니다.

053
장미와 맨드라미

맨드라미는 아름답고 향기로운 장미를 부러워했다.

그러나 그 장미는 맨드라미의 오랜 수명을 부러워했다.

신의 은총은 만물에 골고루 주어졌다.

054
약속 이행

항해하던 배가 거센 풍랑을 만나 언제 뒤집힐지 모르는 상황이 되었다. 사람들은 바다의 신 포세이돈에게 기도했다.

"바다의 신이시여! 이 풍랑을 잠재워 주신다면 크나큰 제물을 바치겠나이다!"

그러자 얼마 후 바람이 멎더니 파도가 잔잔해졌다.

"살아서 목숨을 건졌으니 이 얼마나 큰 기쁨인가!"

사람들은 서로 축하 인사를 건넸고, 크게 잔치를 벌여 먹고 마셔 댔다.

바로 그때 누군가가 사람들 앞에 나서며 말했다.

"폭풍이 언제 다시 덮쳐 올지 모릅니다. 그러니 약속한 대로 포세이돈 신께 감사의 제사부터 지내는 게 순서 아닐까요?"

■ ■ ■
행운을 쥐고 있을 때 불행에 대비해야 한다.

아레스와 에리스

한자리에 모인 그리스의 여러 신들이 제비뽑기를 하여 짝이 맞는 남녀 신끼리 혼인을 하기로 했다.

모든 참석자들이 잔뜩 호기심을 품고 차례대로 제비를 뽑았는데, 전쟁의 신 아레스에게 불화不和의 여신 에리스가 걸렸다. 두 신은 약속대로 곧 결혼식을 치렀다.

아레스는 신부 에리스를 끔찍이도 사랑했다. 그러나 불화의 여신 에리스는 항상 제멋대로 행동했다. 그래서 이 부부는 여자가 남자를 따르는 것이 아니라 남자가 여자를 따르는 형국이 되었다.

 ■■■ 불화가 있는 곳에는 항상 전쟁이나 싸움이 있게 마련이다.

056
비둘기의 착각

갈증에 시달리던 비둘기 한 마리가 어떤 그림 속에서 물방울을 발견했다. 그리고 그 물방울이 진짜라고 생각하고는 요란한 날갯짓으로 물방울을 향해 돌진했다.

그 결과 비둘기는 날개가 꺾여 바닥에 곤두박질쳤고, 지나가던 사람에게 붙잡히고 말았다.

 ■■■ 무모한 열정은 희망의 날개를 무참히 꺾어 버린다.

057
강물과 쇠가죽

강물이 자기 등에 붙어 둥둥 떠가는 쇠가죽을 보고 물었다.
"당신은 누구요?"
"나는 질기기로 소문난 쇠가죽이라오."
쇠가죽이 대답하자, 강물은 쇠가죽의 배를 한번 만져 보고 나서 말했다.

"이렇게 물러서야! 어서 다른 이름이나 하나 생각해 두시오. 이제 곧 내가 당신을 풀처럼 만들어 버릴 테니까!"

 중요한 것은 본질이다. 외형은 언제나 변할 수 있다.

058
뒤바뀐 승자

두 마리의 수탉이 암탉 한 마리를 사이에 두고 다툼을 벌인 결과 승자가 정해졌다.

호되게 당한 수탉은 캄캄한 구석으로 밀려나 버렸고, 승리한 수탉은 높은 담 위에 올라가 목청껏 '꼬끼오!'를 외쳤다.

바로 그때 독수리 한 마리가 나타났고, 독수리는 날쌔게 담 위의 수탉을 낚아채 갔다. 구석에 밀려나 있던 수탉은 비로소 아무런 두려움 없이 암탉에게 구애할 수 있었다.

 교만에는 재난이 따르고, 겸손에는 영광이 따른다.

O59
두 종류의 사람

프로메테우스가 제우스 신의 지시를 받아 사람과 동물을 만들 때의 일이다.

프로메테우스가 작업을 끝내자 제우스 신이 둘러보고 나서 말했다.

"안 되겠다. 사람에 비해 사고 능력이 없는 동물의 수가 너무 많구나. 동물을 좀 줄여서 그걸로 다시 사람을 만들거라."

이에 프로메테우스가 동물들을 깨뜨려 다시 사람으로 만들었다. 그 결과 처음에 만들었던 사람들은 온전한 사람이 되었고, 나중에 만든 것들은 형상만 같았지 속은 그대로인 짐승 같은 사람이 되었다.

■■■
외형을 바꾼다고 내면까지 달라지지 않는다.

060
어부의 플루트 연주

한 어부가 플루트 연주에 일가견이 있었다.

어느 햇살 맑은 날, 그는 그물과 플루트를 챙겨 들고 바다로 나갔다. 해안에 도착한 어부는 불룩 튀어나온 바위 위에 자리를 잡고 앉아 플루트를 연주하기 시작했다. 자신의 연주에 취한 물고기들이 몰려와서 자발적으로 뭍으로 뛰어오르게 하려는 속셈이었다.

그러나 아무리 플루트를 불어 대도 물고기는 한 마리도 보이지 않았고, 결국 어부는 플루트를 내려놓고 말았다. 대신 팔을 걷어붙이고 그물을 던져서 만족스러울 정도로 많은 물고기들을 잡아 올렸다.

뭍으로 끌려 나와 펄떡거리는 물고기들에게 어부가 소리쳤다.

"나쁜 놈들! 내가 연주할 때는 춤출 생각도 않더니, 연주를 그만두니까 춤추는 건 뭐야!"

많은 노력을 기울이고도 실패를 거듭하는 자들의 공통점은 한결같이 때를 잘못 고른다는 것이다.

061
개와 수탉

사이좋은 개와 수탉이 함께 여행길에 올랐다.

날이 저물자 수탉은 나무 위로 올라가 잠을 청했고, 개는 나무 밑의 구멍 안에다 자리를 마련했다.

아침이 되자 수탉은 평소처럼 울음소리로 날이 밝았음을 알렸다. 그때 그 소리를 듣고 나타난 여우가 말했다.

"당신은 천사가 틀림없소. 어서 그 나무에서 내려와 내 사랑을 받아 주시오. 난 여태껏 그렇게 아름다운 목소리를 가진 이를 만난 적이 없소."

수탉이 대답했다.

"먼저 나무 밑에서 자고 있는 문지기한테 문을 열어 달라고 하세요. 그러면 내려갈게요."

그 말에 여우가 문지기를 찾으려고 하는 순간, 갑자기 개가 뛰쳐나와 여우를 물어뜯었다.

 ■■■
현명한 이는 적의 공격을 받았을 때 강력한 아군에게 유인함으로써 그 공격을 좌절시킨다.

062
물총새

숲에 살던 물총새 한 마리가 인간들을 피해 새끼를 낳으려고 파도가 부딪히는 바닷가 바위 위에다 둥지를 틀었다.

어느 날 물총새가 먹이를 구하러 나갔을 때였다. 세찬 폭풍이 휘몰아쳐 둥지는 파도에 휩쓸려 버렸고, 어린 새끼들은 모두 익사하고 말았다.

"세상에, 이럴 수가!"

참담한 사실 앞에 물총새가 울부짖었다.

"육지의 위험을 피해 여기까지 왔는데, 피난처로 생각한 바다가 오히려 내 새끼들을 앗아가는구나!"

■■■
인생 자체가 거대한 모험이자 도전의 연속이다. 숨어 봐야 소용없다. 100퍼센트 안전한 곳은 이 세상에 존재하지 않는다.

063
개와 당나귀

개와 당나귀가 나란히 길을 가고 있었다.

앞서 걷던 당나귀가 길가에 떨어져 있던 편지 한 통을 발견했고, 소리 내어 읽기 시작했다. 편지는 마른 풀, 밀, 귀리, 메밀껍질 따위의 이야기로 가득했다. 당나귀는 흥미진진하게 읽어 나갔지만 개는 지루해서 견딜 수가 없었다.

"풀 이야기는 그만하고, 뒤쪽 좀 훑어봐. 혹시 뼈다귀 이야기라도 나오는지 말야."

하지만 편지를 끝까지 읽어 봐도 개가 좋아하는 뼈다귀 이야기는 나오지 않았다.

개가 혀를 차면서 말했다.

"세상에 어떤 정신 나간 친구가 그걸 편지라고 썼는지! 누가 받아도 소용없을 테니, 당장 찢어 버리게!"

귀를 열고 남의 이야기를 경청하는 체하는 사람도 사실은 자기와 관련 있는 이야기만 골라 듣는다.

064
왕벌과 뱀

어느 날, 왕벌과 뱀이 일전을 벌였다.

왕벌은 윙윙거리면서 뱀을 잘도 쏘아 댔다. 하지만 뱀은 단 한 번도 왕벌을 물 수가 없었다. 잡히기만 하면 요절을 내려고 벼렀지만 날쌘 왕벌을 어쩔 수가 없었다. 연속해서 공격을 당한 뱀의 몸뚱이는 금방 엉망이 되어 버렸다.

"저놈에게 통쾌하게 복수할 방법이 없을까?"

때마침 저쪽에서 달려오는 마차가 보였다.

"요 얄미운 놈, 너 죽고 나 죽자!"

뱀은 수풀을 벗어나 길가로 나왔고, 그러는 동안에도 왕벌은 뱀 머리에 달라붙어 계속 쏘아 댔다.

뱀은 이를 악물고 고통을 눌러 참았다.

"오냐, 실컷 쏘아라! 조금 있으면 너도 죽는다."

이윽고 마차가 바싹 다가오자 뱀은 재빨리 마차바퀴 밑으로 들어갔고, 결국 뱀과 왕벌 모두 바퀴에 치여 죽고 말았다.

■■■
극한의 분노는 적은 물론 자신까지도 파멸로 몰고 간다.

065
앵무새의 목소리

어떤 사람이 앵무새 한 마리를 사다가 집 안을 날아다니게 해주었다.

얼마 후 집 안 구조에 익숙해진 앵무새는 따뜻한 난로 위에 앉아 유쾌하게 지저귀기 시작했다. 그것을 본 고양이가 물었다.

"넌 누구며, 어디서 왔냐?"

앵무새가 자신은 앵무새이며, 주인님이 시장에서 사 온 것이라고 대답했다. 그러자 고양이가 힐난을 퍼부었다.

"그렇다면 넌 매우 뻔뻔한 녀석이로구나. 이 집에서 태어난 나도 야옹 소리 한번 못하고 있는데, 너같이 굴러들어 온 녀석이 그렇게 시끄럽게 굴다니!"

앵무새가 말했다.

"난 당신더러 차라리 밖에 나가 산책이나 하라고 권해 드리고 싶군요. 당신도 알다시피 우리에겐 차이가 있습니다. 이 집 식구들은 당신의 목소리만큼 내 목소리를 싫어하지는 않으니까요."

 ■■■ 우리는 눈 안에 타인의 결점을, 등에 자신의 결점을 가지고 있다.

난 당신이 먼저 말에 나가 선생이나 하녀에게 명령을 내려 드레스 같은 것을 달라시키기 원해요. 당신은 알다시피 우리에겐 차이가 있습니다. 이 집 식구들이 당신의 목소리를 닮음이나 내 목소리를 싫어하지도 않으니까요

066
찔레 먹는 당나귀

배가 고팠던 당나귀가 급한 김에 근처의 찔레 덩굴을 먹고 있었다.

때마침 그곳을 지나던 여우가 그 모습을 보고 비꼬았다.

"이보게, 당나귀 군! 아무리 급해도 그렇지! 어떻게 그렇게 연한 혓바닥으로 가시덩굴을 휘말아 먹고 있나?"

 ▪▪▪
앞뒤 가리지 않고 행동하면, 반드시 상처 입기 마련이다.

067
단지 안에 갇혀 있던 것

제우스는 세상의 모든 일들을 커다란 포도주 단지 속에 집어넣었다. 그리고는 그 단지를 인간의 손에 맡겨 두었다.

그러자 인간은 그 속에 무엇이 들어 있고, 그것이 어떤 물건인지 궁금해서 견딜 수가 없었다. 그래서 살짝 그 뚜껑을 열어 보았다.

그 바람에 단지 안에 갇혀 있던, 세상에서 가장 좋은 모든 것들은
하늘의 신들에게로 날아가 버리고 말았다.

■ ■ ■
헛된 욕심의 희생자는 결국 자기자신뿐이다.

068
더 많은 포로들

비둘기장에 갇힌 한 비둘기가 자기가 낳고 키워 낸 수많은
새끼들에 대해 자랑을 늘어놓았다. 그러자 듣고 있던 까마귀가 말
했다.
"그렇게 많은 자식들을 낳았으니 자랑할 만도 하군. 하지만 당신
이 새끼를 낳으면 낳을수록 더 많은 포로들이 당신 가슴을 미어지
게 한다는 사실은 왜 모르는가?"

■ ■ ■
전쟁에서는 강자가 약자라는 노예를, 평시에는 부자가 가난뱅이라는 노예를 만든다.

069
말의 오판

야생 멧돼지와 말이 들판에서 풀을 뜯고 있었다.

그런데 말이 보니, 멧돼지가 풀밭을 망치고 물을 흐리는 것이었다. 이에 골탕을 먹일 궁리를 하고 있는데, 때마침 사냥꾼이 나타났다. 말은 사냥꾼에게 멧돼지를 처치해 달라고 부탁했다.

그러자 사냥꾼이 제안했다.

"자네에게 굴레를 씌우고 나를 등에 태워 주면 그러겠네."

말은 기꺼이 허락했다.

그러자 사냥꾼은 말의 등에 올라타더니 손쉽게 멧돼지를 처치해 주었다. 그런 다음 말을 자기 집으로 몰고 가 외양간에 묶어 버렸다.

맹목적인 분노가 스스로에게 덫을 씌운다.

070
자고새의 최후

어떤 사람이 늦은 시각에 사냥꾼의 집을 찾아왔다. 손님에게 아무것도 대접할 것이 없었던 사냥꾼은 기르고 있던 자고새를 잡으려고 했다.

주인의 낌새를 눈치 챈 자고새는 기가 막혔다. 그동안 쉬지 않고 동료들을 그물로 유인하여 잡게 해 준 은혜를 저버리고 자기를 잡아먹겠다니!

"주인님, 정말 너무하시는군요!"

자고새가 비난하자 주인이 말했다.

"널 잡아먹기에 더없이 좋은 이유가 있지. 넌 네 동료들조차 배신했거든."

■■■
배신자는 동료들뿐만 아니라, 그를 이용해 먹은 자들로부터도 배척당한다.

071
산돼지와 여우

산돼지가 나무 밑동에다 자기 송곳니를 갈고 있었다.
때마침 지나가던 여우가 그것을 보고 물었다.
"맹수나 사냥개도 안 보이는데 뭘 하려고 그렇게 송곳니를 갈고
있니?"
산돼지가 대꾸했다.
"괜히 이러는 건 아니지. 막상 위험이 닥쳤을 땐 이미 늦는 법이거
든. 한가할 때 미리 준비를 해 둬야지."

■■■
위험에 대비하여 항상 적절한 준비를 해 두어야 한다.

072
사자에게 당하다

한 용감한 청년이 사냥에 미쳐 산으로 들로 나다니기만 하
자, 나이 많은 그의 아버지는 걱정이 태산 같았다.

겁이 많았던 그는 매일 밤마다 자기 아들이 사자한테 잡아먹히는 꿈을 꾸었다. 혹시 꿈이 현실로 나타나지 않을까 조바심 내던 노인은 높은 산꼭대기에 크고 화려한 저택을 짓고는 그 안에 아들을 머물게 했다. 그리고 아들이 무료해할까 봐 훌륭한 화가를 불러다가 집 안 곳곳에 사자를 비롯한 여러 산짐승들을 그려 주었다. 그러나 집 안에 갇힌 아들은 여전히 답답하기만 했다.

하루는 아들이 벽에 그려진 사자 앞에 다가가 저주를 퍼부었다.

"이 사자 놈아! 네놈 때문에 내가 지금 이 감옥생활을 하고 있다. 내 직접 네놈을 처치해 주마!"

그는 홧김에 손가락으로 사자의 한쪽 눈을 푹 찔렀는데, 구멍이 뚫리면서 파편 한 조각이 손톱 밑에 박혔다.

그런데 아무리 애를 써도 파편은 빠지지 않았고, 손가락은 점점 더 곪아 갔다. 곪은 자리는 더욱 부풀어 올랐고, 아들은 점점 끓어오르는 열을 견디다 못해 결국 죽어 버렸다. 노인의 불길했던 꿈이 현실로 나타난 것이었다.

운명은 우리를 행복하게도 불행하게도 만들지 않는다. 다만 그 씨앗을 우리에게 제공할 뿐이다.

073
공작과 학

공작새가 오색의 깃털을 부채처럼 펼치며 자랑했다.

"이 세상 어디에도 나처럼 아름다운 새는 없을 거야!"

자만심에 찬 공작이 슬쩍 옆을 보니, 말쑥한 차림의 학이 서 있었다.

"보다시피 난 무지개처럼 아름다운데, 넌 멀쑥한 키에 흰색뿐이구나?"

그러자 보다 못한 학이 한마디 했다.

"옷만 번지르르하면 뭘 하니? 새라면 우리처럼 자유롭게 하늘을 날아다닐 수 있어야지. 참나, 닭처럼 바닥에서 어기적거리는 네가 부럽기도 하겠다!"

괜히 우쭐대다가 창피만 당한 공작이 어기적어기적 그 자리를 떠나 버렸다.

겉치레에 신경 쓰는 졸부보다, 검소하게 살더라도 명성이 높은 사람이 존경받는다.

074
매미와 여우

어름날, 나뭇가지에 앉은 매미가 즐겁게 노래를 부르고 있었다.

때마침 그 나무 밑을 지나던 여우가 매미를 잡아먹을 생각으로 유혹하기 시작했다.

"네 노랫소리가 가슴을 파고들어 나를 행복하게 하는구나. 그런데 네 모습이 나뭇잎에 가려 보이지 않으니 안타까워. 얼마나 예쁜 얼굴을 가졌는지 한번 보여 주지 않으련?"

그러나 여우의 시커먼 속을 눈치 챈 매미는 얼굴을 내미는 대신에 나뭇잎을 한 장 따서 떨어뜨렸다. 그러자 여우는 날쌔게 달려들어 그 나뭇잎을 덮치는 것이었다.

매미가 웃음보를 터뜨리며 말했다.

"그 나뭇잎이나 매미로 생각하고 잡수시지! 난 당신이 저쪽 오솔길에 싸 놓은 똥에 매미의 날개 부스러기가 섞여 있는 걸 본 뒤로는 상종도 않기로 했으니, 썩 다른 데나 가서 알아보라고!"

■ ■ ■
사방에 남겨 놓은 발자국이 행적을 증언한다.

075
이기심에 대한 형벌

말과 나귀가 그들의 주인과 함께 여행하고 있었다.

나귀가 말에게 말했다.

"내 짐을 좀 나눠 지고 가자. 네가 내 목숨을 구하고 싶다면 말이야."

그러나 말은 못 들은 척 무시해 버렸다.

많은 짐의 무게에 짓눌린 나귀는 마침내 쓰러져 죽고 말았다. 그러자 주인은 나귀가 지고 있던 모든 짐과 나귀의 가죽까지 말의 등에다 얹었다.

말이 신음을 흘리며 울부짖었다.

"아, 비참하구나! 가벼운 짐조차 덜어 주지 않다가 스스로를 궁지로 몰았구나!"

약자가 살아야 강자도 존재한다.

벽과 쇠못

076

단단한 벽에 굵은 쇠못이 꽝꽝 박히고 있었다.

"어이쿠, 아파라! 누가 날 이렇게 못살게 구는 거야?"

벽이 눈을 번쩍 뜨고는 상처 부위를 살펴보았다. 굵은 쇠못이 자기 몸에 마구 파고들고 있었다.

화가 난 벽이 큰 소리로 쇠못을 꾸짖었다.

"너는 나하고 원수진 일도 없으면서 어째서 내 옆구리를 쑤시고 들어오는 거냐!"

그러자 쇠못은 이렇게 변명하는 것이었다.

"미안하다. 하지만 날 너무 나무라지는 말아다오. 내가 이러고 싶어서가 아니라 뒤에서 나를 망치질하는 사람이 있어서 그런 거니까."

 ■ ■ ■

범죄의 배후에는 흔히 꼬드기는 주범이 따로 있다.

077
갈매기와 솔개

바다 위를 날던 갈매기가 수면 위로 내려와 잽싸게 물고기 한 마리를 입에 물었다.

그런데 물고기가 너무 큰 데다가 단숨에 삼키려다 보니 목이 꽉 메어 그만 정신을 잃고 지나가던 배 위에 떨어지고 말았다.

곁에서 그 광경을 본 솔개가 한마디 했다.

"당연한 결과지 뭐. 어째서 하늘을 나는 새가 바닷고기를 귀찮게 구느냔 말야."

■■■
탐욕을 버리고 값진 일을 하는 사람이 오래 산다.

078
모모스의 평가

어느 날 제우스와 프로메테우스와 아테나, 이 세 명의 신이 한자리에 모여 서로의 솜씨를 자랑했다.

제우스는 소를 만들었고, 아테나는 집을 지었으며, 프로메테우스는 사람을 만들었다. 그리고는 누가 제일 멋진 작품을 만들었는지 모모스에게 판결해 달라고 했다.

그러자 심술 맞고 비아냥스러운 모모스는 소를 보더니 이렇게 말했다.

"뿔을 눈 밑에다 달았으면 받을 때 겨냥하기 좋았을 텐데."

이번에는 사람을 살펴보고 나서 말했다.

"가슴에 문을 하나 달았으면 그가 나쁜 인간인지 아닌지를 쉽게 알아볼 텐데."

모모스가 마지막으로 집을 살펴보았다.

"지붕에 커다란 고리를 달았더라면 싫은 이웃이 있을 때 손쉽게 다른 곳으로 이사할 수 있을 텐데."

한마디로 솜씨가 모두 엉망이라는 악평이었다.

평을 다 듣고 난 제우스는 화가 난 나머지 모모스를 하늘나라에서 내쫓아 버렸다.

 ■ ■ ■
험담을 일삼는 자는 귀여움을 받기 어렵다.

89

079
고양이의 망신살

많은 쥐들이 모여 사는 집이 있었다.

이 사실을 안 고양이 한 마리가 그 집으로 숨어들어 가 한 마리씩 잡아먹었다.

커다란 재앙에 직면한 쥐들은 고양이의 힘이 미치지 않는 쥐구멍에 들어가 꼼짝도 하지 않았다. 이에 고양이는 어떻게 해서든지 쥐들을 밖으로 꾀어내려고, 벽에 올라가 스스로 나무못에 매달리더니 죽은 시늉을 했다.

그러자 쥐 한 마리가 살짝 밖으로 나와서 고양이에게 말했다.

"그래 봐야 소용없어. 당신이 자루로 변장한다 해도 우린 말려들지 않을 테니까!"

■ ■ ■

수풀에서 끈끈이에 걸린 적이 있는 새는 아무리 안전한 수풀도 경계한다.
경험은 모든 상황의 스승이다.

080
사자를 밟는 생쥐

사자가 낮잠을 즐기고 있는데, 생쥐 한 마리가 나타나 그의 몸을 밟고 다녔다. 이에 놀라 잠에서 깬 사자는 누가 자신을 밟고 지나갔는지를 알아보려고 했다.

이때 옆에 있던 여우가 말했다.

"범인은 아마 철딱서니 없는 생쥐일 것입니다. 그러니 안심하시고⋯⋯."

사자가 정색을 하며 말했다.

"내가 생쥐 따위를 무서워할 리 있겠는가. 난 단지 사자를 밟고 다닐 만큼 대담한 녀석이 있다는 사실에 놀랐을 뿐이라고."

■ ■ ■
아무리 하찮은 존재일지라도 무시 못할 구석이 있다.

081
숫염소와 포도나무

포도나무가 막 새싹을 틔우고 있을 때, 어디선가 숫염소가 나타나 여린 싹을 조금씩 뜯어 먹었다.
그러자 포도나무가 숫염소에게 따졌다.
"왜 날 자라지도 못하게 하는 거야? 네가 그런다고 해서 사람들이 너를 제물로 바칠 때 쓸 포도주의 양이 조금이라도 줄어들 거라고 착각하지는 마!"

친구의 것을 탐해서는 안 된다.

082
벼룩과 황소

벼룩이 황소에게 물었다.

"넌 힘도 세고 덩치도 큰데, 왜 인간들을 위해서 하루 종일 일만 하는 거지?"

황소가 대답했다.

"난 인간들을 고맙게 생각하고 있지. 그들은 나를 먹여 주고, 아껴 주고, 자주 내 어깨와 등을 쓸어 주거든."

"뭐, 쓸어 준다고?"

벼룩이 소름끼쳐하며 말했다.

"누가 날 그렇게 쓸어 준다면, 아마 난 그들 손에 짓뭉개져 죽고 말 거야."

 ■■■
아무리 좋은 일이라도 누구에게나 똑같이 좋을 수는 없다.

083
가난함의 행운

두 마리의 노새가 돈이 가득 든 바구니와 보리를 잔뜩 채운 자루를 짊어진 채 길을 가고 있었다. 돈 바구니를 운반하는 노새는 어깨에 달린 방울을 짤랑거리며 목을 빳빳이 세우고 걸었다. 반면에 보리를 실은 노새는 차분히 뒤를 따랐다.

그런데 갑자기 산적들이 나타났다. 돈을 짊어진 노새는 필사적으로 저항했으나 가진 것을 몽땅 빼앗기고 칼에 찔리기까지 했다. 그러나 보리를 진 노새는 아무런 피해도 입지 않았다.

몽땅 털린 노새가 자신의 신세를 한탄하며 울기 시작했다. 그러자 다른 노새가 안도하며 혼자 중얼거렸다.

"그들이 날 보잘것없다고 생각한 게 천만다행이야. 그 덕에 난 아무것도 빼앗기지 않았고 몸도 무사하니까."

■ ■ ■
부자는 끊임없는 공격 대상이다. 그래서 부자는 빈자를 위해서가 아니라 본인 스스로를 위해서 남에게 베풀어야 한다.

94

084
개와 요리사

요리사가 잠시 볼일을 보는 사이에 개 한 마리가 부엌으로 들어가 간 한 덩어리를 먹어 치웠다.
부엌에서 뛰어나오는 개를 본 요리사가 중얼거렸다.
"젠장, 네놈이 어디 있는지 경계했더라면 아까운 간 덩어리를 빼앗기지 않았을 텐데……."

■■■
우리는 살아가면서 교훈을 얻게 되는데, 좋은 일보다는 나쁜 일로부터 훨씬 더 많은 지혜를 얻는다.

085
제우스의 심판

제우스가 헤르메스에게 인간의 죄상을 낱낱이 도판에 적어 가져오라고 시켰다. 그것을 자기 곁에다 두고 매사를 공정하게 심판하려고 했던 것이다.
그런데 헤르메스가 죄상을 적어 하늘로 운반하던 도중에 상자 속의 도판이 엉망으로 뒤섞여 버렸다. 그 바람에 어떤 것은 먼저 나와 제우스의 심판을 받았고, 또 어떤 것은 나중에까지 나오지 않아 심판이 늦어지게 되었다.

■■■
악인들이 죄를 저질러도 금세 벌받지 않는다고 해서 놀랄 일은 아니다.

086
개와 늑대

어느 날 밤, 몸이 바싹 마르고 굶주림에 지친 늑대가 우연히 통통하게 살이 찐 개와 마주쳤다.
초면의 인사가 오고 간 뒤 늑대가 말했다.
"여보게, 자네 몸에 그렇게 윤기가 자르르한 이유가 뭔가? 음식이 입에 맞고 살 만한 모양이군. 부러워 죽겠네. 나로 말할 것 같으면, 밤낮없이 살아 보려고 발버둥 쳐도 매 끼니 걱정을 하느라 죽을 맛이네."
개가 말했다.
"그렇다면 그냥 내가 하는 것처럼 하면 돼."

"그래? 그건 어떻게 하는 건데?"

"아주 간단하지. 주인집을 지켜 주면서 밤에 도둑이 접근하지 못하게 하는 거야."

"거 참 쉽구먼! 기꺼이 하고말고!"

늑대는 비참한 현실에서 벗어나고 싶었다. 밤마다 서리를 맞아야 하는 야생의 생활이 지긋지긋했다. 따뜻한 지붕이 있고, 배불리 먹을 수 있는 음식이 있다니, 더할 나위 없이 훌륭한 조건이었다.

개가 앞장서며 말했다.

"그럼 날 따라오라고."

그렇게 함께 걸어가던 도중, 늑대는 문득 개의 목덜미에 난 상처 자국을 발견했다. 호기심을 참지 못한 늑대가 물었다.

"목에 난 그 상처는 대체 어찌 된 일인가?"

개가 심드렁한 표정으로 대꾸했다.

"쳇, 아무것도 아니야."

"아니긴, 대체 어찌된 일인가?"

"아마 쇠사슬 때문이겠지."

"쇠사슬이라고?"

늑대가 깜짝 놀라며 다그쳤다.

"설마 자네, 자유롭게 돌아다닐 수 없다는 말을 하려는 건 아니겠지?"

개가 말했다.

난 쇠사슬에 매여 사치를 하기보다는 거칠게 끼니를 때우더라도 자유롭게 돌아다니는 쪽이 더 좋아.

"꼭 그렇지만은 않아. 물론 주인이 낮엔 날 붙잡아 묶어 두지만 밤에는 분명히 완전한 자유를 누리고 있다고. 게다가 주인은 자신의 먹을 것을 남겨 주고, 날 아주 귀여워해 준단 말일세. 근데 그게 어쨌단 말인가?"

늑대가 불쑥 발걸음을 멈추었다.

"난 아무래도 안 되겠어. 맛있는 음식은 자네 혼자 실컷 먹게나. 난 쇠사슬에 매여 사치하기보다는 거칠게 끼니를 때우더라도 자유롭게 돌아다니는 쪽을 택하겠어!"

말을 마친 늑대는 뒤도 돌아보지 않고 가 버렸다.

■ ■ ■
살찐 노예가 되느니 차라리 굶어 죽는 한이 있더라도 자유를 누리는 것이 훨씬 값지다.

O87
인간의 땅

제우스가 남자와 여자, 최초의 인간을 만들어 놓고 헤르메스를 불러 말했다.

"저들을 땅으로 데려가서 경작지를 보여 주어라."

헤르메스가 시키는 대로 하자, 땅이 매우 못마땅한 표정을 지었다.

헤르메스가 말했다.

"이건 제우스 신의 명령이오! 그대로 따라야 할 것이오!"

그러자 땅은 한숨을 내쉬면서 말하는 것이었다.

"할 수 없군요. 그럼 마음대로 파헤치라고 하세요. 하지만 대신에 한숨과 눈물이라는 값을 치러야만 해요."

 쉽게 구한 것은 그만큼 비싼 대가를 치러야 한다.

088
멍에 쓴 늑대

한 농부가 밭일을 마친 황소에게 물을 마시게 하려고 멍에를 벗겨 주었다.

때마침 굶주린 늑대가 그곳을 지나다가 황소를 보고 입맛을 다시더니, 그들이 벗어 놓은 멍에의 안쪽 가죽을 핥기 시작했다. 그런데 그렇게 황소의 여운을 탐닉하다가 멍에 속에 넣었던 머리가 꽉 끼고 말았다. 아무리 애를 써도 멍에는 벗겨지지가 않았다. 할 수 없이 멍에를 질질 끌고 밭으로 나왔다.

마침 그 모습을 발견한 농부가 깜짝 놀라며 소리쳤다.

"못된 놈! 네놈이 강도질을 그만두고 소처럼 밭일이나 한다면 오죽이나 좋겠냐!"

■ ■ ■
눈앞의 이익만 좇다간 더 큰 화를 면치 못한다.

089
부자와 무두질장이

어느 부잣집 근처로 가죽을 무두질하는 사람이 이사 왔다. 당연히 가죽을 다듬는 마당에서 악취가 풍겨 왔고, 부자는 무두질장이에게 짜증을 부리며 다른 곳으로 이사를 가 달라고 요구했다.

그러나 무두질장이는 곧 이사를 하겠다며 계속해서 날짜를 미루기만 했다.

부자는 날마다 무두질장이를 찾아왔고, 일과처럼 말다툼을 되풀이했다. 하지만 그러는 동안 부자 역시 악취에 익숙해졌고, 어느 날부터는 더 이상 이사를 재촉하지 않았다.

■ ■ ■
인내하면, 무력이나 노여움이 이루는 것 이상을 성취할 것이다.

090
사제의 나귀

어떤 사제가 나귀를 이용하여 짐을 운반하고 있었다. 그런데 워낙 많은 짐을 지워서인지 어느 날 나귀는 쓰러져 죽고 말았다. 그러자 사람들은 나귀의 껍질을 벗겨서 큰북을 만드는 데 썼다. 얼마 후 나귀가 사라진 것을 안 사제가 이리저리 나귀를 찾아 헤매자 누군가가 말했다.

"당신의 불쌍한 나귀는 죽었습니다. 하지만 그 나귀는 지금 살아 있을 때보다 더 많은 일을 하고 있을 겁니다."

 ■■■ 잘 지낸 하루가 행복한 잠을 이루게 하는 것처럼 잘 보낸 인생은 행복한 죽음으로 이어진다.

091
야생나귀와 집나귀

야생나귀가 일광욕을 하고 있는 집나귀를 보고, 그의 편안한 환경과 풍족한 먹이를 부러워했다. 그러나 나중에 그의 등에 올려진 무거운 짐과 마부의 채찍을 보고는 생각이 바뀌었다.

"이제 난 자네를 부러워하지 않겠네."

야생나귀가 말했다.

"왜냐하면 자넨 풍족한 음식을 얻기 위해 값비싼 대가를 치르고 있다는 사실을 알게 되었거든."

■■■
고통의 대가를 치러야만 얻을 수 있는 우월한 것은 부러워할 것이 못 된다.
그러나 어쩌랴, 희생 없이는 풍족함을 창조할 수 없는 것을!

092
스스로 함정에 빠지다

한 주인 밑에 사는 염소와 나귀가 있었다. 그런데 염소는 풍족한 먹이를 차지하고 있는 나귀에게 질투를 느꼈다.

염소가 나귀에게 말했다.

"맷돌을 돌리고 짐을 나르는 걸 보니 자네의 생활은 끊임없는 노동의 연속이로군."

"별수 있겠나, 이게 다 운명인 것을……!"

"나한테 좋은 수가 있네. 자네가 발작을 일으키는 척하면서 웅덩이로 굴러 보게나. 그러면 편히 쉴 수 있을 테니까."

듣고 보니 그럴듯했다. 그래서 나귀는 염소의 충고대로 높은 데서 떨어져 심한 상처를 입었다. 그러자 주인은 수의사를 불러 나귀의 상처를 치료해 달라고 했다.

의사가 처방하기를, 염소의 허파로 국물을 만들어 먹이면 상처의 치료가 빠를 것이라고 했다. 결국 주인은 나귀를 치료하기 위해 염소를 끌어내어 죽였다.

■ ■ ■

모함이란 자기에게 돌아오는 화살이다.

105

093
박쥐와 가시덤불과 물새

박쥐와 가시덤불과 물새, 이 셋이 우연히 한 팀이 되어 장삿길을 떠났다.

장사를 하기 위해 박쥐는 물건 살 돈을 빌려 왔고, 가시덤불은 팔 물건으로 피륙을 구했으며, 물새도 물건 살 돈을 장만했다. 셋은 그렇게 만반의 준비를 갖추고 뱃길을 떠났다.

그러나 뜻하지 않게 풍랑을 만나 그들이 탄 배는 침몰해 버렸다. 셋은 가진 것을 몽땅 날린 채, 간신히 목숨만을 구해 육지로 돌아왔다. 그러나 물새는 잃어버린 자기 돈에 대한 미련을 버리지 못해 해변을 떠나지 못했고, 박쥐는 자기한테 돈을 빌려 준 빚쟁이를 만나게 될까 두려워 낮에는 나다니지 못했다. 그리고 가시덤불은 행인들의 옷이 자기 옷감으로 만든 것이 아닌가 하고 수시로 낚아채는 버릇이 생겼다.

■■■
한때 열중했던 일의 후유증은 오래 지속된다.

094
공포의 대상

사자의 추격을 받던 수소가 야생 염소들이 머물고 있던 동굴 속으로 도망쳐 들어왔다. 그러자 염소들이 일제히 뿔을 세우고 수소를 받으려고 했다.

수소가 거친 숨을 몰아쉬며 말했다.

"내가 지금 너희 공격을 참는 이유는 너희가 무서워서가 아니야. 바깥에 버티고 있는 저 짐승이 두렵기 때문이지."

■ ■ ■
인간도 마찬가지다.
더 큰 어려움을 극복해 내기 위해 작은 고통쯤은 이겨 내야 한다.

095
권투선수의 기도

벼룩 한 마리가 펄쩍 뛰어오르더니, 시합을 앞두고 열심히 운동 중인 권투선수의 엄지발가락을 물었다.

화가 난 권투선수는 벼룩을 눌러 죽이려고 했지만, 벼룩은 요리조리 잘도 피했다. 그럴수록 권투선수는 더욱 날뛰었다. 하지만 결코 그 벼룩을 잡을 수는 없었다.

힘을 다 소진한 권투선수가 털썩 주저앉으며 중얼거렸다.

"헤라클레스여! 저에게 저 벼룩을 없앨 힘을 주신다면, 이번 경기는 포기하도록 하겠습니다."

벼룩 한 마리 잡는 사소한 일로 바쁜 신을 괴롭혀서야 되겠는가.

096
비버

동물 중에 비버라는 녀석은 네 발을 가진 짐승이면서도 물속에서 살아간다. 그런데 녀석의 생식기가 좋은 약재로 알려지자, 사람들은 수시로 그것을 탐내었다. 그래서 비버는 이런저런 이유로 사람들에게 쫓기다가 잡힐 지경이 되면, 그것을 물어뜯어 추격자들에게 던져 주어서 자신의 목숨을 구한다고 한다.

영리한 사람은 재산에 미련을 두어 하나뿐인 목숨을 빼앗기지 않는다.

097
친어머니와 의붓어머니

어떤 행인이 밭에서 가꾸는 식물에게 물을 뿌리고 있는 농부를 발견하고 물었다.

"야생의 식물들은 누가 돌봐 주지 않아도 잘 자라는데, 밭에서 재배하는 작물들은 왜 발육 상태가 안 좋지요?"

그 말에 농부는 이렇게 대답하는 것이었다.

"그것은 대지의 여신이 야생 식물에 대해서는 친어머니고, 재배 식물에 대해서는 의붓어머니이기 때문이라오."

 ■■■ 친어머니가 키운 자식과 계모가 키운 자식이 같을 수는 없다.

098
제 꾀에 넘어간 나귀

나귀가 소금 자루를 싣고 강을 건너다가 발을 헛디뎌 물에 빠졌다. 그러자 소금이 몽땅 녹아 버렸고, 나귀는 짐이 가벼워진 사실에 매우 기뻐했다.

며칠 후 또 다른 짐을 지고 강가에 도착한 나귀는, 이번에도 물에 빠지면 짐이 가벼워질 것을 예상하고 일부러 물속에 넘어졌다.

그러나 이번에 싣고 있던 물건은 솜이었다. 나귀는 물을 흠뻑 빨아들인 솜의 무게에 짓눌려 일어나지도 못했다.

지혜란 구해야 할 것과 피해야 할 것에 대한 지식이다.
아름다운 지혜는 지나치게 영리함이 없는 데 있다.

099
사자와 개구리

사자가 한번은 개구리의 요란한 울음소리에 놀라 무슨 큰 짐승이 나타난 줄 알고 바싹 긴장했다. 그러나 잠시 후 그 소리의 장본인이 개구리임을 알고는 화가 나서 단숨에 그 개구리를 밟아 버렸다.

미래에 대해 미리 걱정할 필요는 없다.

100
수탉을 없앤 하녀들

유난히 부지런을 떠는 과부가 젊은 하녀 몇 명을 거느리고 살았다. 그런데 이 과부가 어찌나 드센지 새벽닭이 울기가 무섭게 하녀들을 깨워 일터로 내보내는 것이었다.

과부의 괴롭힘에 날마다 녹초가 된 하녀들은 한 가지 꾀를 냈다. 새벽마다 과부를 깨우는 수탉을 없애 버린 것이었다.

그러나 수탉을 없애고 나자 하녀들의 고초는 더욱 심해졌다. 수탉이 없자, 과부가 동이 트기도 전에 일어나 설쳐 대며 하녀들을 부려먹었기 때문이다.

■ ■ ■
임기응변식 전술은 자칫 더 큰 화를 불러올 수 있다. 근본적인 전략 수립이 필요하다.

101
교만한 나귀

한 나귀가 신의 흉상을 싣고 읍내를 향해 걷고 있었다.
지나가던 행인들이 일제히 그 동상에 경의를 표하자, 나귀는 자기에게 경의를 보이는 것으로 착각했다. 그래서 매우 우쭐해진 나귀는 큰 소리로 울부짖으며 한 발자국도 움직이지 않았다.
그러자 상황을 눈치 챈 마부가 채찍으로 나귀를 때리며 소리쳤다.
"이 미련퉁이야! 이 동상이야말로 사람들이 너에게 경의를 표하는 마지막 짐인 줄 알아라!"

■■■
어리석은 자의 확실한 증거는, 자기 뜻을 고집하며 흥분하는 것이다.

102
사기꾼과 맹세의 신

한 사내가 여행을 떠나면서 친구에게 상자 하나를 보관해 달라고 부탁했다. 상자를 맡은 친구는 안에 무엇이 있는지 궁금하여 상자를 열어 보았다. 그런데 그 안에는 값진 보석이 가득 들어 있는 것이 아닌가. 친구는 그 상자를 가로채기로 마음먹었다.

얼마 후, 여행에서 돌아온 사내가 맡겨 두었던 상자를 돌려 달라고 했다. 그러자 친구는 딱 잡아떼는 것이었다.

"아니, 그게 무슨 소린가? 자네가 언제 나한테 상자를 맡겼다고?"

"이런, 순 날강도 같으니라고!"

두 사람은 한바탕 옥신각신하다가, 이튿날 신전에 가서 누가 거짓말을 하는지 가리기로 했다.

그런데 그날 저녁, 사기꾼 친구는 외출했다가 돌아오는 길에 문 앞에서 절름발이 사내와 마주쳤다. 그런데 아무래도 그의 생김새가 범상치 않아 보였다.

"실례지만 선생께선 누구시고, 또 어디로 가시는지요?"

절름발이 사내가 대답했다.

"나는 맹세의 신 호르크스일세! 지금 사기꾼과 거짓말쟁이, 제 욕심만 챙기는 사악한 인간들을 벌주러 가는 길이지."

순간 사기꾼 친구는 가슴이 덜컹 내려앉는 것 같았다.

그가 애써 가슴을 쓸어내리며 물었다.

"지금 가시면 언제쯤 다시 이곳에 오시는지요?"

맹세의 신이 대답했다.

"한 40년쯤 지나야 다시 올 것 같군."

그 말을 들은 사기꾼 친구는 안도의 한숨을 내쉬었다.

'앞으로 40년 동안은 처벌받지 않아도 된다. 시치미 뚝 떼고 버티면 귀중품은 내 차지가 된다⋯⋯.'

다음날, 두 친구는 나란히 신전에 나가서 흑백을 가리기 위해 설전을 벌였다. 귀중품을 맡긴 친구가 억울함을 호소했지만, 신관이 듣기에 사기꾼 친구의 주장이 훨씬 더 설득력이 있었다.

"맹세의 신 호르크스님의 이름을 걸고 맹세합니다. 저는 절대 아무것도 맡은 적이 없습니다!"

신관이 결론지었다.

"호르크스 신의 이름까지 걸고 맹세하니, 이 자의 말을 믿을 수밖에 없다."

결국 사내는 친구를 잘못 만나 엄청난 손해를 입게 되었고, 사기꾼 친구는 콧노래를 부르면서 자기 집으로 향했다. 그러나 그는 집 앞에 이르기도 전에 헐레벌떡 달려오는 절름발이 신 호르크스와 맞닥뜨렸다.

"이 고약한 놈아! 어찌 내 이름까지 팔면서 거짓 맹세를 했느냐!"

성난 맹세의 신은 사기꾼 친구를 산꼭대기 벼랑으로 끌고 올라갔

이놈아 너같은놈아 내 이름을 더럽히는데 내가 그따위 스케줄에 연연하게 됐냐

다. 그리고 막 벼랑 끝으로 던져 버리려던 순간, 사기꾼 친구가 호르크스에게 따졌다.

"40년 뒤에나 온다더니 왜 벌써 온 거요?"

그러자 호르크스가 준엄하게 꾸짖었다.

"이놈아! 너같은 놈이 내 이름을 더럽히는데, 내가 그따위 스케줄에 연연하게 됐냐!"

사기꾼이나 거짓말쟁이한테 내려지는 천벌에는 따로 정해진 시간이 없다.

103
거위와 두루미

거위와 두루미가 풀밭에서 풀을 뜯고 있는데, 갑자기 사냥꾼이 나타났다.

그러자 몸이 가벼운 두루미는 재빨리 날아가 버렸고, 몸이 무거운 거위는 뒤뚱뒤뚱 뛰다가 사냥꾼의 손에 붙잡혔다.

위기에 봉착했을 때 빈털터리는 재빨리 몸을 피할 수 있지만, 가진 자는 그 가진 것 때문에 재앙을 만난다.

산돼지와 개

어느 날 산돼지와 개 사이에 한바탕 싸움이 벌어졌다.

산돼지가 부르짖었다.

"아프로디테 여신께 맹세코 네놈을 이빨로 찢어발기겠다!"

그러자 개가 빈정거렸다.

"아프로디테 여신이 네놈의 고기를 즐기는 걸 사랑이라고 착각하는 모양이지?"

그러자 산돼지는 이렇게 응수하는 것이었다.

"바로 그래서 여신께서는 네놈보다 날 더 아끼시는 거지. 네놈이야 죽은 고기로서도 살아 있을 때만큼이나 쓸모가 없는 놈 아니냐!"

■■■
말을 잘하는 사람은 적의 조롱도 찬사로 뒤바꿀 줄 안다.

105
정원사와 개

정원사가 기르던 개 한 마리가 우물에 빠졌다. 이를 본 정원사는 개를 끌어내려고 갖은 방법을 다 써 보다가 결국 직접 우물 속으로 내려갔다.

그러자 개는 주인이 자기를 더 깊이 처박으려는 줄 알고 오히려 주인을 물어 버렸다.

화가 난 주인이 우물을 기어 나오며 중얼거렸다.

"죽으려고 발버둥 치는 녀석 때문에 고생을 사서 할 필요가 없지!"

 어리석은 자는 도움의 손길도 뿌리친다.

106
사슴과 사자

사냥꾼에게 쫓기던 사슴이 급히 어느 굴속으로 뛰어들어 갔다. 그런데 그 굴이 하필이면 사자 굴이었다. 굴속에 있던 사자 가 웬 떡이냐 하고 사슴을 덮쳤다.

사슴이 죽어 가면서 한탄했다.

"인간에게서 겨우 도망쳤건만, 결국엔 사자 밥이 되고 마는구나!"

 ■ ■ ■
작은 재난을 피하려다 오히려 큰 재앙을 만난다.

107
숯쟁이와 세탁일 하는 사람

숯을 구워 파는 사람의 집 근처로 세탁일을 하는 사람이 이사 왔다.

숯쟁이가 세탁일 하는 사람에게 친절을 베풀며, 자기 집에서 함께 살자고 제안했다. 그러자 세탁일 하는 사람은 이렇게 대꾸하는 것이었다.

"그건 안 될 소리요. 내가 옷을 하얗게 빨아 놓으면 당신은 그걸 도로 검게 만들 게 아니겠소!?"

 계층은 물론 하는 일도 서로 비슷해야 한다. 다른 부류끼리는 함께 어울리기 힘들다.

108
암돼지와 암개

암돼지와 암캐가 누가 더 새끼를 수월하게 낳는가를 두고 서로 다퉜다.

암캐는 네 발 달린 짐승 중에서는 자기가 가장 수월히 새끼를 낳는다고 주장했다.

그러자 암돼지는 이렇게 대꾸하는 것이었다.

"그렇지만 넌 나와서 눈도 뜨지 못하는 새끼를 낳고 있다는 걸 알아야지!"

 일의 처리 속도보다 중요한 것이 바로 완성도이다.

120

109
유유상종 類類相從

나귀를 사려고 마음먹은 어떤 남자가 시험삼아 한 마리를 데려다 자기 집 여물통 옆에 다른 나귀들과 함께 묶어 두었다.

그러자 새로 온 나귀는 여러 마리의 나귀들 중에서도 가장 게으르고 욕심이 많은 나귀와 가까이 지내면서 다른 나귀한테는 관심조차 두지 않았다. 오직 게으른 나귀 곁에서 빈둥거리기만 할 뿐이었다.

그러자 남자는 그 나귀에게 고삐를 씌워 원래 주인에게 도로 데려갔다. 나귀 주인이 섭섭해하며 물었다.

"혹시 이 녀석을 충분히 시험해 보지 않은 것 아닙니까?"

남자가 대답했다.

"더 이상 시험할 필요가 없습니다. 저 녀석은 틀림없이 자기가 친구로 골랐던 나귀와 꼭 닮았을 테니까요."

친구는 또 하나의 나다.
슬기로운 친구와 어울리면 슬기로워지고 어리석은 친구와 짝하면 해를 입는다.

110
막대기 다발

한 농부에게 아들이 여럿 있었는데, 서로 싸우기만 하고 사이가 좋지 않았다. 여러 번 말로 타일러 보았지만 소용이 없었다. 이런저런 궁리 끝에, 한 번의 실례가 열 마디 충고보다 훨씬 효과적일 것 같다는 생각이 들었다. 농부는 다섯 아들을 불러 놓고 막대기 한 다발을 내놓았다.

농부는 먼저 아들들에게 그 막대기 다발을 꺾어 보라고 했다. 큰 아들부터 차례대로 시도해 보았지만 아무도 그것을 꺾지 못했다. 농부가 이번에는 다발을 풀어 놓고 하나씩 꺾어 보라고 했다. 그러자 가느다란 막대기라서 모두 손쉽게 꺾을 수 있었다.

아버지가 말했다.

"알겠느냐? 너희가 하나로 뭉쳐 있는 동안에는 누구한테도 대항할 수 있다. 그렇지만 일단 서로 흩어져 버리면 한순간에 파멸되는 거지."

■ ■ ■
혼자서는 불가능한 적도 둘이서는 막을 수 있다.

122

111
양의 하소연

농장의 일꾼에게 붙잡힌 양 한 마리가 가혹하게 털을 깎이고 있었다.

양이 비명을 지르며 일꾼에게 말했다.

"만일 당신이 원하는 것이 나의 털이라면 너무 짧게 깎지 마세요. 그리고 만일 노리는 것이 고기라면, 단숨에 죽일 것이지 이렇게 천천히 괴롭히지는 말아 주세요!"

■■■
약자를 괴롭혀서는 안 된다는 것이 신의 참뜻이다.
신이 인간에게 자유를 허락하는 조건은, 조심하고 또 조심해야 한다는 것이다.

112
뱀과 게

우연히 뱀과 게가 한집에 살게 되었다.

게는 고지식한 성격으로 언제나 솔직했지만, 뱀은 생김새대로 교활하고 꼬부라졌다. 그래서 게는 뱀에게 꼬부라지지 말고 자기처럼 순수해지라고 권했지만 뱀은 듣지 않았다. 오히려 독을 품은 혀까지 널름거리며 게를 위협하는 것이었다.

화가 난 게는 뱀이 잠든 사이 집게발로 뱀을 잘라 버렸다.

"흥! 꼬부라진 몸이 죽으니까 쭉 펴지는구나! 진작 고분고분했더라면 죽이지는 않았을 거 아냐!"

 교활한 자는 대개 스스로 해를 입는다.

113
항아리에 빠진 파리

파리 한 마리가 맛있는 음식이 가득 든 항아리 속으로 굴러 떨어졌다.

음식물에 빠진 채 허우적거리던 파리가 말했다.

"이제 곧 죽을 목숨이지만 그게 무슨 대수랴. 음식이 풍년이라 생의 마지막 순간에 먹고 마시고 목욕까지 즐기게 되었는걸!"

삶을 선善으로 여기고 죽음을 악惡으로 판단해서는 안 된다.
생과 사는 생각하기 나름이다.

114
나귀의 떠벌림

사자와 나귀가 한편이 되어 사냥을 나갔다.

그들이 어떤 동굴에 이르렀을 때, 동굴 안에는 야생 염소 몇 마리가 머물고 있었다.

사자가 동굴 입구를 지키고 섰고, 나귀는 염소들을 놀라게 하기 위해 동굴 안으로 뛰어들어 이리저리 날뛰었다. 그러자 염소들이 동굴 밖으로 뛰쳐나왔고 사자가 그들을 잡았다.

사냥이 마무리되자 밖으로 나온 나귀가 물었다.

"어때? 염소들을 몰아내는 데 내가 멋진 실력을 보여 주지 않았어?"

"확실히 그랬어."

사자가 대답했다.

"자네가 나귀라는 사실을 몰랐다면 나 역시도 자네한테 겁을 집어먹었을 테니까 말일세."

■ ■ ■
자만하는 자는 그의 정체를 알고 있는 사람에게는 조롱거리가 될 뿐이다.

115
양치기와 늑대

어떤 양치기가 갓난 늑대 새끼를 주워다 개들과 함께 키웠다. 늑대 새끼는 점점 자라서 야생 늑대들이 양을 훔쳐 가면 다른 개들과 함께 그 뒤를 쫓곤 했다. 그런데 다른 개들이 추적을 단념하고 돌아올 때에도 혼자서 끝까지 쫓아가 다른 늑대들과 함께 양을 뜯어먹고 오는 것이었다. 게다가 한동안 양을 훔치는 늑대가 보이지 않으면, 몰래 한 마리 잡아서 다른 개들과 함께 나눠 먹기까지 했다.

오랫동안 피해를 입은 양치기는 나중에야 그 사실을 눈치 채고 늑대를 나무에 매달아 죽였다.

■■■
타고난 성질은 환경이 바뀌어도 달라지지 않는다.

116
아주 좋은 증세

의사가 한 청년의 집에 왕진을 와서 물었다.

"어디 불편한 곳은 없습니까?"

"네, 선생님. 땀을 좀 많이 흘리는 편입니다."

의사가 짧게 대꾸했다.

"땀을 많이 흘리는 건 좋은 증세입니다."

일주일 후 의사가 다시 청년을 찾아왔고, 증상을 물었다.

환자가 오한에 몸을 부들부들 떨면서 대답했다.

"선생님, 너무 추워요."

"아, 그래요? 걱정하지 마세요. 아주 좋은 증세입니다."

세 번째로 찾아온 의사는, 이제는 설사까지 한다고 근심하는 환자에게 말했다.

"설사 역시 아주 좋은 증세입니다."

의사는 그날도 치료를 하지 않고 돌아갔다.

얼마 후 청년의 부모가 찾아와 몸 상태를 묻자 청년은 이렇게 대답했다.

"전 지금 좋은 증세 때문에 점점 죽어 가고 있어요."

 ■■■
소위 '전문가'란 사람들은 '타성'이라는 함정에 빠지기 쉽다.

117
일의 순서

강가에서 놀던 아이들 중 하나가 갑자기 강물에 빠졌다. 헤엄을 칠 줄 몰랐던 아이는 살려 달라고 외쳤고, 때마침 아이의 담임교사가 달려왔다.

그런데 교사는 아이를 꾸짖기부터 하는 것이었다.

"너 거기서 뭐 하는 거니? 여기서 놀면 위험하다고 내가 안 그랬어? 잘못하면 빠져 죽는다고!"

아이가 허우적거리면서 간신히 대꾸했다.

"선생님, 우선 저를 좀 구해 주세요! 살려 주고 나서 혼쭐내도 되잖아요!"

 ▪▪▪
가장 큰 고통은 교통의 부재이다. 질서 대신 혼돈이 찾아오기 때문이다.

선생님, 우선 저를 좀 구해 주세요! 저를 살려주고 나서 혼쭐내도 되잖아요!

118
술주정뱅이

술주정뱅이 남편을 둔 여인이 속을 끓이다가 남편의 술버릇을 고치기 위해 한 가지 수를 썼다. 잔뜩 술에 취해 곯아떨어진 남편을 공동묘지의 시체 안치소에다 옮겨 놓은 것이었다. 그런 다음 그가 술이 깰 무렵에 찾아가 문을 두드렸다.

남편이 물었다.

"누구요?"

아내가 대답했다.

"저예요, 죽은 당신께 제사상을 가져왔어요."

그러자 남편은 이렇게 대꾸하는 것이었다.

"여보, 음식은 생각 없어. 그냥 술상이나 좀 봐 주시오. 죽은 것도 억울한데 술까지 없으면 내가 너무 처량하잖소."

아내가 문을 열어 주면서 신세 한탄을 했다.

"아이구 내 팔자야! 죽어서도 정신을 차리기는커녕 술타령이라니! 아무리 꾀를 써도 소용없구나!"

■ ■ ■
몸에 익은 타성은 좀처럼 고치기 힘들다.

119
백조의 노래

어떤 사람이 자기 집 뜰에 거위와 백조를 함께 키웠다. 둘을 같이 키우긴 했지만, 백조는 노래를 듣기 위해 키우는 것이었고, 거위는 잡아먹기 위한 것이었다.

어느 날 주인이 거위를 잡게 되었는데, 날이 어두워서 그만 거위 대신 백조를 잡아갔다.

그러나 죽는 순간에 노래를 부르는 백조가 마지막 노래를 불렀고, 그로 인해 죽음을 피할 수가 있었다.

단순히 먹고살기 위함이 아닌 모든 예술 행위는 마지막까지 존경받는다.

120
늑대의 명분

늑대가 냇가에서 혼자 물을 마시고 있는 어린 양을 발견했다. 늑대는 군침을 한 번 삼킨 다음 그 어린 양을 잡아먹을 구실을 만들었다.

"네 녀석이 물을 흐려 놓으니 마실 수가 없구나!"

어린 양이 눈을 동그랗게 뜨며 대답했다.

"전 단지 혀끝으로 물을 마셨을 뿐입니다."

늑대가 어깃장을 놓았다.

"그렇다면 이 흐려진 물은 뭐란 말이냐?"

"제가 알 게 뭐예요? 전 지금 아저씨보다 밑에 있고, 물은 위에서 아래로 흐르는 거잖아요."

어린 양의 대답에 늑대가 재차 다그쳤다.

"넌 작년에 내 아버지를 모욕했다!"

어린 양이 대답했다.

"전 그때 태어나지도 않았다고요!"

늑대가 잔뜩 인상을 찡그리며 말했다.

"잘도 변명거리를 찾아내는구나. 하지만 어쨌든 난 지금 널 잡아 먹어야겠다!"

 ■■■
악한의 눈에는 어떤 관용도 보이지 않으며, 어떤 용서도 메아리치지 않는다.

121
노파의 불만

시력이 부쩍 나빠진 노파가 많은 치료비를 약속하고 의사를 불렀다.

의사는 왕진을 올 때마다 노파의 눈에 연고를 발라 주었다. 그리고 노파가 눈을 감고 있는 틈을 노려 값비싼 가구들을 하나씩 빼돌리기 시작했다.

집 안의 가구들을 거의 다 훔쳐 냈을 즈음 노파의 눈 치료가 끝났다. 의사가 청구서를 내밀었다.

그런데 노파가 치료비 지불을 거부하는 것이었다. 의사는 하는 수 없이 법원에 소송을 냈다.

판사가 노파에게 물었다.

"앞을 볼 수 있게 해 주면 치료비를 주겠다고 하지 않았나요?"

"하지만 치료를 받고 나서 상태가 더 나빠졌다오."

"그게 무슨 소립니까?"

노파가 말했다.

"치료 전에는 집 안의 가구들이 잘 보였는데, 지금은 하나도 보이지 않는다오!"

■ ■ ■ ■

 탐욕은 굴종처럼 사람들을 어리석게 만든다. 탐욕을 제거하려면 먼저 그 어미 격인 사치부터 버려야 한다.

122
나무

어느 농부의 밭 한가운데에 커다란 나무 한 그루가 서 있었다. 그런데 그 나무에는 과실도 열리지 않았고, 나무 그늘로 인해 농작물의 성장만 방해할 뿐이었다. 역할이라야 고작 새들과 매미들의 쉼터일 뿐이었다. 나무가 별 소용이 없음을 깨달은 농부는 그 나무를 베어 버리기로 했다.

농부가 막 도끼질을 하려고 할 때였다. 갑자기 제비들과 매미들이 날아와서 자기들의 쉼터를 없애지 말아 달라고 부탁했다.

"저희가 여기서 온갖 노래를 불러 힘든 들일도 잊게 해 주잖아요."

하지만 농부는 그들의 말을 무시한 채 도끼질을 해 댔다.

바로 그때였다. 농부의 눈앞에 나무 속 텅 빈 구멍이 나타났는데, 그곳에는 한 무리의 꿀벌들과 꿀이 들어 있었다.

농부는 그제야 도끼를 내려놓았고, 그후 나무를 성스럽게 여기며 보살펴 주었다.

 ■ ■ ■
인간은 천성적으로 눈앞의 현실적인 이익에 약하다.

123
우연의 소중함

밭을 갈던 농부가 우연히 큼지막한 금 덩어리를 발견했다. 평소 대지의 여신을 떠받들고 있던 농부는 그날 아침에도 여신 앞에 꽃다발을 바쳤다. 농부는 자신에게 엄청난 행운을 가져다준 이가 대지의 여신이라고 굳게 믿었다.

그런데 바로 그때 우연의 여신 티케가 나타나 농부를 꾸짖었다.

"내가 널 부자로 만들어 주려고 금 덩어리를 주었거늘, 넌 어째서 대지의 여신에게만 감사하는 거냐? 혹여 금 덩어리가 다른 사람 눈에 먼저 띄었다면, 넌 틀림없이 나를 욕했을 것 아니냐!"

■ ■ ■
감사하는 마음은 벽에 던진 공처럼 언제나 자신에게 돌아온다.

124
당해도 싸다

어느 겨울 아침, 한 농부가 길을 가다가 땅바닥에 얼어붙어 있는 뱀 한 마리를 발견했다. 살펴보니 다행히 아직 죽지는 않은 상태였다. 농부는 뱀이 가여워서 녹여 주려고 자기 품속에 넣었다. 그런데 농부의 품 안에서 몸이 풀리고 기운을 회복한 뱀은 이내 본성을 드러내며 농부의 가슴을 물어 버렸다.

몸에 독이 퍼져 죽어 가던 농부가 한탄하며 말했다.

"이런 못된 놈을 불쌍히 여긴 내가 한심하지…… 당해도 싸다!"

 ■■■
악인은 악인일 뿐, 천성은 어쩔 수가 없다.

125
아버지의 고민

두 딸을 둔 아버지는 딸들의 나이가 차자 하나는 정원사에게, 또 하나는 옹기장수에게 시집보냈다.

얼마 후 그는 시집간 딸들이 어떻게 살고 있는지 궁금하여 방문해 보기로 했다.

그는 먼저 정원사의 아내가 된 딸을 찾아갔다. 딸은 모든 것이 만족스럽지만, 한 가지 바람이 있다고 했다. 나무들이 잘 자라도록 비가 많이 왔으면 좋겠다는 것이었다.

그가 이번에는 옹기장수의 아내가 된 딸을 찾아갔다. 그 딸은 부족한 것이 아무것도 없는데 단 한 가지, 날씨가 맑아서 옹기들이 잘 마르기를 소원했다.

그러자 두 딸의 아버지는 이렇게 푸념했다.

"하나는 비를 원하고, 하나는 맑은 날을 원하니 난 누구를 위해 기도해야 하는가!"

■ ■ ■
서로 상극인 일을 동시에 진행하면서도 둘 다 성공하기를 바라는 것이 인간이다.

126
배신의 결과

늦대들이 어떤 농장의 양 떼 습격을 노렸으나, 그곳을 지키는 개들 때문에 번번이 실패를 되풀이했다. 이에 늑대들이 묘안을 짰다.

늑대들은 개들을 찾아갔고, 대장 늑대가 말했다.

"너희는 우리와 닮았으면서도 어째서 형제다운 모습을 보이지 않는가? 사고만 다를 뿐이지 너희와 우린 똑같다."

개들이 고개를 끄덕였고, 대장 늑대가 더욱 목소리를 높였다.

"우린 자유롭게 생활하고 있다. 그런데 너희는 어떤가? 목에 고리를 매달고 인간의 양 떼나 지키며 마치 노예처럼 굴고 있다. 그들은 너희에게 단지 자신들이 먹다 만 뼈다귀나 던져 줄 뿐이다. 이제 무지를 벗고 내 충고를 따르라. 지금 즉시 양 떼를 우리에게 넘겨라. 그러면 그것들을 나누어 배불리 먹게 해 주마!"

말을 듣고 난 개들은 대장 늑대의 제안에 귀가 솔깃해졌다. 그래서 선선히 양 울타리의 문을 열어 주었다.

그러나 늑대들은 우리 안으로 들어서자마자, 먼저 개들을 물어뜯기 시작했다.

■■■
배신당하는 자는 그 배신으로 상처를 입지만, 배신하는 자는 한층 더 비참한 처지가 된다.

138

127
독수리와 화살

어떤 궁수가 독수리를 겨냥하여 화살을 쏘았다.

심장에 정통으로 화살을 맞고 쓰러진 독수리가 괴로워하며 자신의 몸을 살펴보았다. 그런데 그 화살 끝에 다름 아닌 자신의 깃털이 달려 있는 게 아닌가.

독수리는 한탄했다.

"이런! 내 자신이 공급한 무기로 인한 상처가 훨씬 더 치명적이군!"

죄업은 반드시 돌아온다.

128
헤르메스와 조각가

헤르메스는 사람들이 자기를 얼마나 소중히 여기는지 궁금했다. 그래서 어느 날 사람으로 변신하여 어떤 조각가의 작업장을 찾아갔다.

헤르메스가 제우스의 조각을 가리키며 물었다.

"이건 얼마요?"

조각가가 대답했다.

"1드라크마입니다."

헤르메스가 웃으며 이번에는 헤라 여신상의 값을 물었다.

"손님, 그건 좀 비싼데요."

바로 그때 헤르메스가 자신의 신상을 발견했다.

헤르메스는 자신은 인간을 위해 심부름도 해 주고, 목축과 상업을
보호해 주는 신이니 제우스나 헤라보다 훨씬 비싸리라 기대하면
서 값을 물어보았다.

그러자 조각가는 이렇게 대답하는 것이었다.

"그건 손님께서 제우스 신상이나 헤라 여신상을 사시면 덤으로
드리겠습니다."

 잘났다고 우쭐대는 인간일수록 남에게 조롱당하기 쉽다.

포도밭의 보물

평생을 포도 농사만 짓던 한 노인이 임종을 눈앞에 두고 있었다.

농부는 놀기만 좋아하고 농사일을 싫어하는 자식들에게 한 가지 교훈을 주고 싶었다. 그래서 자식들을 한자리에 불러 말했다.

"얘들아, 난 오래 살지 못할 것 같구나. 하지만 너희를 위해 포도밭에 숨겨 놓은 것이 있다. 매우 귀한 것이니 모쪼록 함께 찾아보거라."

얼마 후 농부가 죽었다. 자식들은 아버지가 포도밭 어딘가에 값진 보물을 숨겨 놓은 줄 알고 포도밭을 파헤치기 시작했다. 하지만 밭 전체를 다 헤집도록 보물은 나타나지 않았다.

그러나 그 바람에 포도밭이 훌륭하게 일구어져 그해에는 몇 배나 풍성한 수확을 거둘 수 있었다.

노동은 행복의 법칙이다.

130
사슬에 묶인 개

늑대가 목에 사슬을 걸고 나무에 묶여 있는 개를 보고는 물었다.

"누가 네 목에 줄을 매달고, 그렇게 묶인 채로 음식을 먹게 한 거지?"

개가 대답했다.

"바로 우리 주인이시지. 사냥꾼 말이야."

그러자 늑대는 안도의 한숨을 내쉬며 이렇게 말하는 것이었다.

"참 다행이구나. 신이 우리 늑대들을 사냥꾼과 목줄과 배고픔으로부터 해방시켜 준 것이로구나!"

 ■■■ 남의 불행으로 자기를 돌아볼 수 있다.

까마귀와 개

까마귀가 아테네 여신에게 제물을 바친 후, 제물로 썼던 음식을 함께 먹기 위해 개를 초대했다.

제사상을 마주하고 앉은 개가 까마귀에게 물었다.

"왜 쓸데없이 제물을 바치나? 그래봐야 여신은 자넬 제물 도둑놈으로밖에 안 봐줄 텐데!"

그러자 까마귀는 이렇게 대꾸했다.

"내가 여신께 제물을 바치는 것은, 여신이 우리를 나쁘게 생각하고 있다는 것을 잘 알고 있기 때문이지."

 미운 사람일수록 잘 대해 줄 필요가 있다.

132
영리한 강아지

강아지 한 마리가 마당에서 낮잠을 자고 있는데, 갑자기 늑대가 나타나 잡아먹으려고 했다.

강아지가 늑대에게 사정했다.

"아직 절 잡아먹지 마세요. 지금 잡아먹으면 틀림없이 후회하실 거예요. 왜냐하면 전 아직 살이 찌지 않아 먹을 게 별로 없거든요."

"호, 그래서?"

강아지가 말했다.

"조금만 기다려 주시면 살이 아주 많이 찔 거예요. 우리 주인이 곧 결혼 잔치를 하는데, 기름진 음식이 많거든요. 아마 그때쯤에는 늑대님이 기뻐하실 정도로 살이 통통할 겁니다."

그 말을 듣고 난 늑대는 그럴싸하다 싶어 강아지를 그냥 놔주었다.

며칠 후 늑대가 다시 가 보니, 강아지는 지붕 위에서 자고 있었다. 늑대는 밑에서 소리치며 강아지에게 약속을 지키라고 했다.

그러자 강아지는 이렇게 대꾸하는 것이었다.

"이봐요, 늑대 씨. 내가 다시 마당에 내려가 잠을 자면, 당신은 더 이상 우리 주인의 결혼 잔치를 기다리지 않을 게 아니겠소?"

 요행으로 위험에서 한 번 벗어난 사람은 두 번 다시 같은 위험에 빠져서는 안 된다.

이봐요.
늑대씨.
내가 다

시 마당에 내려
가 잠을 자게 되
면 당신은 더 이상
우리 주인의 결혼
잔치를 기다리지
않을것 아니겠소?

133
도둑과 수탉

도둑이 몰래 어떤 집에 들어가 보니 훔쳐 갈 거라곤 수탉 한 마리가 전부였다. 도둑은 하는 수 없이 수탉을 훔쳐 가지고 도망쳤다.

이윽고 도둑이 수탉을 잡아먹으려고 하자 수탉이 애걸하며 말했다.

"저는 새벽마다 사람들을 깨워 하루 일을 시작하게 해 주는 아주 긴요한 가축입니다."

그러자 도둑은 이렇게 말하는 것이었다.

"이놈아! 그래서 잡아먹으려는 거다. 네놈이 사람들을 그렇게 일찍 깨우기 때문에 내 영업에 지장이 아주 많다고!"

 ■■■ 선인에게 유익한 것도 악인에게는 해가 되는 것이다.

146

134
도둑과 개

어느 집에 잠입한 도둑이 그 집을 지키는 개한테 먹을 것을 주면서 짖지 못하게 하려고 했다.

그러나 개는 완강하게 버티며 말했다.

"빨리 물러가는 게 좋을 거야! 난 처음부터 네가 어딘지 모르게 수상하다고 생각했지. 그런데 네가 너무도 상냥하게 구는 걸 보니, 이제 나쁜 녀석이란 것이 확실해졌어!"

 ■■■ 뇌물은 제공하는 자의 속내를 표출한다.

135
헤르메스와 테이레시아스

헤르메스는 무엇이든지 알아맞힌다는 테이레시아스의 재주를 한번 확인해 보고 싶었다. 그래서 몰래 테이레시아스의 소 한 필을 훔쳐 내고는, 사람으로 변신하여 그의 집을 방문했다.

농장의 소가 없어진 사실을 안 테이레시아스는 손님 헤르메스를 데리고 들판으로 나갔다. 새를 보고 누가 도둑인지를 점쳐 보기 위한 것이었다. 그는 헤르메스에게 어떤 새든 보이면 알려 달라고 했다.

헤르메스가 처음 본 새는 왼쪽에서 오른쪽으로 날아가는 독수리였다. 그는 즉시 그것을 테이레시아스에게 말해 주었다.

"아, 그 새 말고요."

헤르메스가 두 번째로 가리킨 새는 나뭇가지에 앉아 땅을 굽어본 후, 다시 하늘을 올려다보는 까마귀였다.

그것을 말해 주자 테이레시아스가 말했다.

"아, 그런가요? 그렇다면 저 새는 당신이 내 소를 가져간 게 틀림없다고 하늘과 땅에 맹세를 하고 있군요!"

 ■ ■ ■
할 수 있다는 믿음이 있으면 할 수 있다.

136
제비와 까마귀

제비와 까마귀가 누가 더 아름다운가에 대해 말다툼을 벌였다. 옥신각신하던 끝에 까마귀가 말했다.

"너의 아름다움은 봄에 피지만, 난 한겨울 속에서도 견뎌 낸단 말이다."

■■■
외모보다 건강이 우선이다.

137
여우의 반격

늙은 사자가 병이 들자, 여우를 제외한 숲속의 모든 동물들이 병문안을 왔다. 그러자 평소 여우에게 감정이 많았던 늑대가 여우에 대해 험담을 늘어놓았다.

"여우는 대왕님을 존경하지 않고 있습니다. 오늘 문병에 빠진 것만 봐도 그렇지요!"

때마침 동굴로 들어오던 여우가 그 소리를 들었다. 늑대의 말을 듣고 난 사자가 으르렁거리며 여우를 노려보았다.

여우는 눈치를 살피다가 간신히 변명할 기회를 얻었다.

"사실 여기 모인 동물들 가운데 누가 저만큼 대왕님을 위해 수고를 했습니까? 저는 대왕님께서 앓아누우셨다는 소리를 듣고 밤낮으로 치료할 의사를 찾아다녔습니다. 그래서 결국 한 가지 방법을 알아냈고요……."

여우의 말에 사자의 귀가 번쩍 뜨였다.

"그게 정말이냐? 그래, 어떻게 하면 병이 치료된다고 하던가?"

여우가 말했다.

"살아 있는 늑대의 가죽을 벗겨서 온기가 있을 때 그것으로 환자의 몸을 덮어야 합니다."

그 말을 들은 늑대는 모골이 송연해졌고, 사자의 시선이 천천히 늑대를 향했다.

 ■ ■ ■
음모를 꾸미는 자는 스스로의 무덤을 파고 있는 것과 같다.

138
사냥개와 집 지키는 개

어떤 사람이 개 두 마리를 기르고 있었는데 한 마리는 사냥개였고, 다른 한 마리는 집을 지키는 개였다.

그런데 집 지키는 개는 아무 일도 하지 않고 빈둥거리다가도 사냥개가 무얼 잡아 오면 똑같이 나눠 먹었다.

참다못한 사냥개가 불만을 토로했다.

"남은 뼈 빠져라 애를 써서 마련한 성찬을 넌 가만히 앉아서 받아먹기만 하냐!"

그러자 집 지키는 개는 이렇게 대답하는 것이었다.

"날 원망하지 말게. 정 원망하려거든 일을 하지 않고도 얻어먹고 살게끔 기른 우리 주인을 나무라라고."

■ ■ ■
철없는 어린아이가 저지른 일은 그렇게 키운 부모의 책임이다.

151

139
다음 차례

산속 외딴 곳에서 농장을 운영하던 한 농부가 폭설 때문에 꼼짝없이 갇힌 신세가 되었다.

오랫동안 식량을 구하지 못해 배를 주린 농부는 먼저 양을 잡아먹었고, 눈보라가 점점 더 사나워지자 이번에는 염소까지 잡아먹었다.

얼마 후 양과 염소들을 죄다 먹어 치운 농부가 이번에는 밭일을 돕는 황소들에게 시선을 돌렸다. 그러자 농부의 그런 모습을 지켜보던 개들이 쑥덕거렸다.

"모두 도망치자! 주인이 같이 일하던 황소까지 잡아먹는 걸 보니, 다음엔 틀림없이 우리 차례야!"

■ ■ ■
고통이 클수록 잔인함의 강도도 더해진다.
가장 가까운 이들을 서슴없이 해치는 자는 특별경계 대상이다.

140
뱀과 농부

뱀 한 마리가 농부의 아들을 물어 죽였다. 그러자 분노에 눈이 뒤집힌 농부는 도끼를 집어 들고 뱀 굴 입구를 단단히 지켜 섰다. 뱀이 기어 나오면 단숨에 내리칠 속셈이었다.

마침내 뱀이 굴 밖으로 고개를 내밀자 농부는 있는 힘을 다해 도끼를 내리쳤다. 그러나 너무 긴장했던 탓인지 근처의 바위만 두 조각 내고 말았다.

굴을 빠져나온 뱀이 농부를 보았고, 뱀의 독기가 두려웠던 농부는 순간적으로 얼어붙었다.

이윽고 겁에 질린 농부가 뱀의 마음을 달래려고 했다.

그러나 뱀은 농부의 그런 노력을 단번에 거절하는 것이었다.

"괜히 감정 좋은 척해 봐야 소용없어. 난 저 바위에 난 무시무시한 도끼 자국을 볼 때마다 자네 생각이 날 테고, 자네 역시 자식의 무덤을 볼 때마다 내 생각이 날 테니까."

■ ■ ■
증오는 증오가 아닌 사랑으로써 막을 수 있다. 그러나 이미 한 번 강을 건넌 증오는 섣부른 용서나 화해로 없어지지 않는다.

141
까마귀와 까치

까치는 예로부터 손님이 찾아오는 것을 예언해 주는 재주가 있어 사람들의 귀여움을 독차지했다.

까마귀는 그런 까치가 부러웠다. 그래서 자기한테도 그런 재주가 있음을 과시하려고, 어떤 집에 들어가는 손님들을 발견하고는 나뭇가지 위에서 시끄럽게 울어 댔다.

그러자 그 소리를 들은 손님들은 낯을 찌푸렸다.

"여보게, 까마귀가 울어대는 걸 보니 우린 아마도 반가운 손님이 못 될 모양일세."

하고는 그냥 돌아가 버렸다.

 ■ ■ ■
무리한 대접을 바라다가 되레 해를 입는 수가 있다.

142
고약한 사례

이리가 고깃덩어리를 통째로 삼키려다 그만 목에 뼈가 걸려 고통스러워했다.

이리는 자신을 도와줄 누군가를 부지런히 찾아 헤매다가 왜가리를 만났다.

"목에 걸린 뼈를 좀 빼내 주게. 그러면 내 충분히 사례를 하겠네."

사례를 한다는 소리에 왜가리가 선뜻 응해 주었다.

"그러죠, 뭐."

왜가리는 이리의 목구멍에 머리를 집어넣고 걸린 뼈를 뽑아낸 다음, 약속한 사례를 요구했다.

그러자 이리는 이렇게 대꾸하는 것이었다.

"이 친구야, 내 입 안에 들어왔던 자네 머리가 안전한 것으로 보수는 충분하지 않은가?"

■ ■ ■
배은망덕은 고사하고 해나 끼치지 않기를……

143
목동의 기도

소 치는 목동이 송아지 한 마리를 잃어버렸다. 근처를 샅샅이 뒤져 보았으나 송아지는 보이지 않았다.

낙심 끝에 목동은 제우스에게 기도를 드렸다. 도둑을 잡게 해 주면 은혜에 대한 답례로 송아지 한 마리를 바치겠노라고.

기도를 마친 지 얼마 되지 않아 목동은 놀라운 광경을 목격했다. 한 사나운 사자가 자기가 잃어버린 송아지를 물어뜯다가 이제는 자신을 노려보는 것이었다. 겁에 질린 목동은 단 한 발자국도 내딛을 수가 없었다.

목동이 다시 무릎을 꿇고 제우스를 찾았다.

"오, 위대한 제우스 신이시여! 저는 방금 전 도둑을 찾게 해 주면 송아지를 바치겠노라 맹세했나이다. 하지만 지금은 그게 아닙니다. 도둑의 발톱을 피하게만 해 주시면 황소 한 마리를 바치겠나이다!"

기회주의란 이런 것이다. 난관에 봉착할 때마다 기도에 매달리고, 큰 재앙에 직면하면 더 큰 목소리로 기도하는 것.

144
의사와 시체

어떤 의사가 돌보던 환자가 죽었다.

장례식장을 찾은 의사는 고인의 친척들 사이를 이리저리 다니면서 말했다.

"아, 가엾은 분! 술을 좀 줄이고, 화를 좀 덜 내고 조심하면서, 건전하게 살았더라면 저렇게 싸늘한 시신이 되지는 않았을 텐데……."

그러자 추모객 중 하나가 그 의사를 붙잡고 말했다.

"선생, 이제와서 그런 말을 해 봐야 무슨 소용입니까? 환자가 살아 있고, 그를 보살피는 동안에 그런 충고를 해 줬어야 할 게 아니오!"

■ ■ ■
충고는 그 시기가 적절해야 한다.

145
까마귀와 백조

까마귀는 백조의 흰 깃털이 부러웠다. 그리고 그 아름다움은 백조가 살고 있는 연못의 물 때문이라고 생각하고, 이제껏 머물면서 음식을 손에 넣었던 제단을 버리고 연못으로 갔다.

그곳에서 까마귀는 오랜 시간 깃털을 손질하고 몸치장에 매달렸지만, 아무리 날개를 빨아도 검은 색깔이 희어지지는 않았다.

며칠이 지나도록 까마귀는 여전히 검었고, 연못에서는 먹이도 구할 수 없었기에 곧 죽고 말았다.

 ■ ■ ■ 사는 곳을 바꾼다고 해서 성질까지 바뀌는 것은 아니다.

146
생쥐의 보은

잠든 사자의 몸 위로 생쥐 한 마리가 뛰어올라 왔다. 이에 깜짝 놀라 잠에서 깬 사자가 노여워하며 그 생쥐를 잡아먹으려고 했다.

"네놈이 감히 나를 건드려?"

그러자 생쥐가 애원했다.

"제발 한 번만 용서해 주세요. 그러면 꼭 은혜를 갚겠습니다."

사자가 크게 웃음을 터뜨리며 말했다.

"무엇 하나 부족할 것 없는 숲속의 왕인 내가 너같은 생쥐에게 무슨 은혜를 입는단 말인가?"

사자는 한 끼 식사감도 안 되는 생쥐를 그냥 놓아주었다.

그런데 얼마 후 사자는 사냥꾼이 설치해 둔 그물에 걸리고 말았다. 밧줄에 칭칭 묶여 나무에 매달린 신세가 된 것이다.

"대왕인 내가 고작 인간의 그물에 걸려 생을 마감하게 될 줄이야……!"

사자가 신세를 한탄하며 울부짖는데, 때마침 어디선가 생쥐 한 마리가 나타났다. 며칠 전에 사자가 놓아준 바로 그 생쥐였다.

생쥐는 곧장 이빨로 밧줄을 끊기 시작했고, 얼마 후 사자는 다시 자유로워졌다.

"얼마 전 당신은 나를 보고 큰소리로 비웃었지요."

한바탕 힘을 쏟고 난 생쥐가 말했다.

"이젠 생쥐도 은혜를 갚을 수 있다는 사실을 알았을 거예요."

생쥐의 말에 사자는 크게 깨달은 바가 있었다.

■ ■ ■
호의는 호의를 낳고, 선행은 또 다른 선행을 불러온다.

147
까마귀와 뱀

뱀 한 마리가 일광욕을 즐기고 있었다.
이때 굶주린 까마귀가 뱀을 발견하고는 그대로 덮쳤다. 하지만 뱀은 날쌔게 고개를 돌려 되레 까마귀를 물었다.
죽음을 눈앞에 둔 까마귀가 스스로를 한탄했다.
"젠장! 아무리 배가 고프기로서니 뱀을 먹겠다고 덤빌 건 뭐란 말인가!"

■ ■ ■
눈앞의 이익에 눈이 어두워 목숨까지도 던져 버린다.

148
이리의 피리 연주

염소 한 마리가 무리에서 멀어졌다가 이리한테 쫓기게 되었다.
달아나던 염소가 갑자기 멈추더니 이리를 향해 말했다.
"난 네가 날 잡아먹으려고 한다는 걸 알고 있어. 하지만 난 죽더라

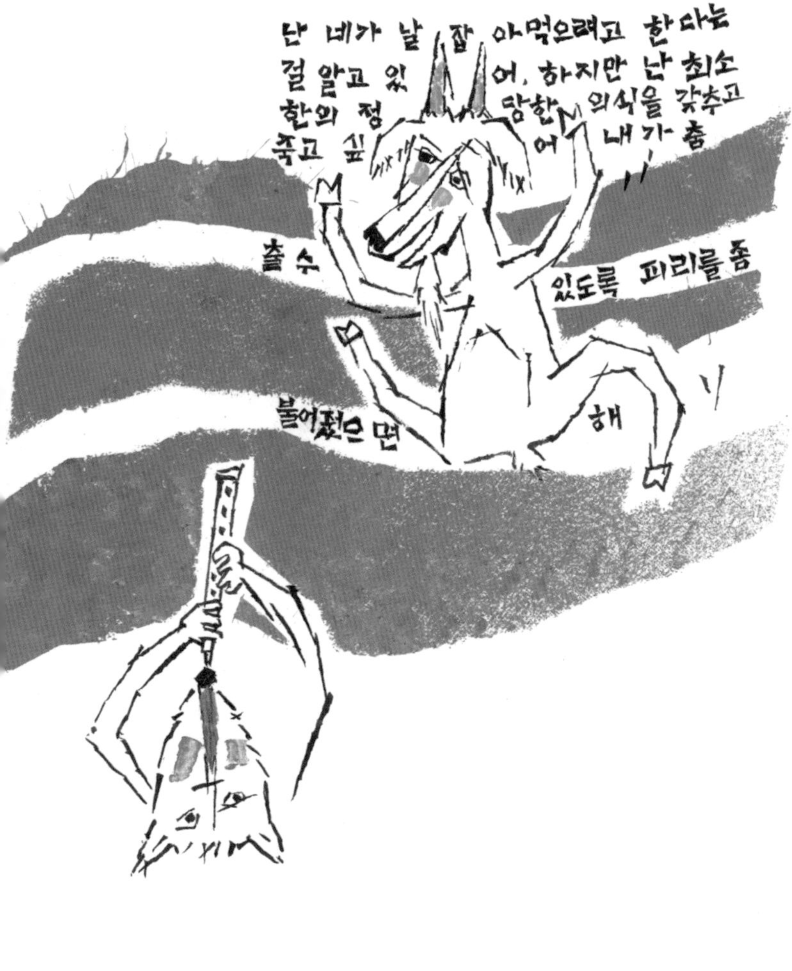
난 네가 날 잡아먹으려고 한다는
걸 알고 있어. 하지만 난 최소
한의 정당한 의식을 갖추고
죽고 싶어 내가 춤
출 수 있도록 피리를 좀
불어줬으면 해

도 최소한의 의식을 갖춰서 죽고 싶어. 내가 춤출 수 있도록 피리를 좀 불어 줬으면 해."

이리는 염소의 마지막 소원을 들어주기로 했다. 그런데 염소가 피리 소리에 맞춰 춤을 추고 있을 때, 그 소리를 듣고 개들이 나타났다.

개들에게 쫓기게 된 이리가 뒤돌아보며 말했다.

"이런 꼴을 당해도 싸지, 싸! 내 할 일은 잡아먹는 것인데 같잖게도 피리 연주자 행색을 하다니……!"

■ ■ ■
자기한테 어울리지도 않는 욕망에 매달리는 것은 치수가 맞지 않는 남의 옷을 욕심내는 것과 같다.

149
까마귀

어떤 사람이 까마귀 한 마리를 사로잡았다. 그는 까마귀의 발목에 노끈을 묶은 뒤, 가지고 놀라며 자기 아들에게 주었다.

그러자 까마귀는 답답해서 살 수가 없었다. 그래서 어떻게든 기회를 엿보다 탈출하여 자기 둥지까지 도망쳐 왔다. 하지만 발목의 노끈이 그만 나뭇가지에 얽히고 말았다.

꼼짝없이 굶어 죽게 된 까마귀가 한탄했다.

"젠장! 인간들 틈에서 묶여 지내는 것도 그렇게 못 견딜 지경은 아니었는데, 괜히 서둘러 도망쳐 와 목숨만 잃게 되었구나!"

 ■■■
당장의 불편쯤은 감수하는 게 낫다. 준비 안 된 모험은 더 큰 위험을 초래한다.

150
사자의 차별대우

사자가 죽을힘을 다해 결투를 벌인 끝에 커다란 수소 한 마리를 때려눕혔다.

그가 수소 위에 올라가 땀을 식히고 있을 때였다. 갑자기 산적이 나타나 수소를 좀 나눠 줄 수 없냐고 물었다.

"나눠 드리지요."

사자가 산적을 노려보며 말했다.

"당신이 상습적인 도둑이 아니라면 말이오."

산적이 물러가고, 뒤이어 선량해 보이는 나그네가 나타났다. 맹수를 발견한 나그네는 겁을 집어먹고 뒷걸음질 쳤다.

이에 사자는 가장 온순한 목소리로 말했다.

"당신은 욕심이 없군요. 선량한 자에게는 그에 걸맞은 몫이 주어지는 법, 절대 거절하지 마시오."

그리고 나서 수소의 몸뚱이를 얼마간 나눠 주었다.

나그네가 떠난 후, 사자는 남은 수소를 나눠 줄 또 다른 여행자를 찾아 나섰다.

■ ■ ■

겸손은 힘에 바탕을 두고, 거만은 무력에 바탕을 둔다.
겸손을 배우면 영광이 뒤따른다.

151
무당

마을에 부지런한 무당이 살고 있었다.

그녀는 마을 사람들의 의뢰를 받아 주문을 외고 부적을 써서 신들의 노여움을 달래 주며 제법 안락한 삶을 누렸다. 그러자 그녀의 성공을 시기한 자들이 그녀를 악마로 몰아 법정에 세웠다.

법정에 끌려 나오는 무당의 등 뒤에서 누군가가 말했다.

"신들의 분노를 달래 먹고살면서도 정작 사람들의 분노는 달래지 못했는가!"

■ ■ ■
아래로부터 기본을 잃지 않는 신뢰가 사랑받는다.

152
장작 다발

몇 명의 나그네가 해안을 따라 걷고 있었다. 그들은 항해 도중 난파당한 배의 생존자들이었다. 한참을 걷다 보니 커다란 바위가 나타났다. 그리고 바다 저 멀리 무언가 떠 있는 것이 보였다. 사람들은 처음 얼마 동안 그것이 배가 틀림없다고 생각했다. 그래서 그 배가 항구에 들어오는 것을 보려고 기다렸다. 얼마 후 그것이 해안 가까이 밀려오자, 이제는 다들 그것은 배가 아니라 작은 보트라고 생각했다.

그런데 마침내 그것이 해안에 닿자, 결국 단순한 장작 다발에 불과하다는 것을 알게 되었다.

미래의 사건은 그것을 바라보는 이의 관심이나 기호에 따라 확대되는 것이다.

153
북풍과 태양

어느 날 찬바람인 북풍과 뜨거운 태양이 힘겨루기를 벌였다. 그들은 지나가는 한 행인을 발견하고는 누가 그의 옷을 먼저 벗기는가를 겨뤄 승자를 가리기로 했다.

먼저 북풍이 찬바람을 일으켰다. 그러자 행인은 잔뜩 옷깃을 여몄다. 북풍은 더욱 세차게 몰아쳤고, 추위를 견디다 못한 행인은 다른 옷가지를 꺼내 껴입는 것이었다.

낙심한 북풍이 물러나고 이번에는 태양이 나섰다.

태양이 온화한 햇볕을 내리쬐자 행인은 껴입고 있던 옷가지를 벗었다. 그리고 한층 더 따갑게 내리쬐자, 무더위를 견디다 못한 행인은 입고 있던 옷가지를 모두 벗어 버렸다.

소위 햇볕정책의 위력이다.
설득은 폭력보다 더 큰 힘을 발휘한다.

154
도끼 자루가 된 나무

하루는 나무꾼이 나무들에게 부탁했다.

"내 도끼에 맞는 나무 자루를 얻고 싶소."

나무꾼의 제안은 매우 조심스러웠다. 그래서 몇몇 중요한 나무들이 신중하게 논의를 거듭한 끝에, 가장 볼품없고 초라한 물푸레나무를 제공하기로 했다.

그런데 나무꾼은 그 물푸레나무 토막을 잘 다듬어 도끼 자루로 만든 다음, 본격적으로 나무 사냥을 시작했다. 사방팔방으로 마구 후려쳤고, 심지어는 숲의 가장 훌륭한 나무들까지도 마구 쓰러뜨려 버렸다.

이에 떡갈나무가 히말라야 삼나무에게 말했다.

"최초의 양보로 모든 것이 결정된 것이다. 만약 우리가 나무꾼의 제안을 거절해서 저 천한 동료를 희생시키지 않았다면, 오늘날 이 꼴이 되지는 않았을 텐데……."

 남용한 권리는 언젠가 숨통을 조르는 사슬이 되어 돌아온다.

155
제우스와 거북

하루는 제우스가 잔치를 벌여 자신이 만든 모든 동물들을 초대했다. 그런데 다른 동물들과 달리 유독 거북만은 나타나지 않았다.

제우스가 나중에 거북을 따로 불러 그 까닭을 물었다.

그러자 거북은 이렇게 말하는 것이었다.

"뭐니뭐니 해도 자기 집이 제일 편한 것 아니겠습니까?"

그 말에 벌컥 화가 난 제우스는, 그때부터 거북 등에 평생토록 제 집을 지고 다니게 만들어 버렸다.

 ■ ■ ■ 한순간의 게으름이 평생을 고통 속으로 몰아넣는다.

156
그릇된 신뢰

목동이 양 떼를 몰고 있는데, 중간에 늑대 한 마리가 따라오기 시작했다. 하지만 그 늑대는 양 떼를 해치지는 않았다.

처음에 목동은 늑대를 주의 깊게 감시했다. 하지만 늑대가 약탈을 행하지 않자, 목동은 늑대를 적이 아닌 보호자로 간주했다. 그래서 마을에 볼일이 있을 때면, 늑대를 양 떼와 함께 남겨 두었다.

목동이 사라지자 늑대는 양 떼를 습격하였고, 모두 잡아먹어 버렸다. 얼마 후 돌아온 목동이 혼잣말로 중얼거렸다.

"늑대한테 양을 맡긴 당연한 대가로군."

 ■ ■ ■ 새로운 친구와 오래된 적은 믿지 말라고 했다. 믿는 도끼에 발등 찍히며 설마가 사람 잡는다.

157
게와 여우

게 한 마리가 뭍으로 올라와서 뭐 먹을 게 없을까 하고 두리번거렸다. 때마침 굶주림에 지쳐 있던 여우가 그 게를 발견하고 곧장 덮쳐 버렸다.

당장 잡아먹히게 된 게가 스스로를 한탄했다.

"바다에서 겁 없이 살았다고, 육지에서도 똑같은 행세를 하려고 들었으니……!"

■■■
권력은 한시적이고 덧없는 것, 언제 어디서든 통용되기란 불가능하다.

158
노숙자와 제비

방탕한 젊은이가 부모의 유산을 모두 탕진해 버리고 남은 것이라곤 외투밖에 없었다.

그런데 그 외투마저 오래가지 못했다. 이른 봄에 찾아온 제비를

보고는 벌써 여름이 찾아온 줄 알고, 걸치고 있던 외투마저 팔아
술을 마셔 버린 것이었다.

그러나 짐작과는 달리 날씨는 점점 더 추워졌다.

꽁꽁 언 몸으로 노숙을 하던 그가 길 위에 얼어 죽은 제비를 발견
하고는 성난 목소리로 소리쳤다.

"넌 우리 둘을 동시에 파멸시켰어!"

■ ■ ■
어떤 자유나 권리, 특권에도 공짜는 없다. 거기에 상응하는 책임을 지지 않고는 아
무것도 누릴 수 없다.

159
뱀 알을 품은 암탉

우연히 뱀 알을 발견한 암탉이 정성스레 그 알을 품기 시작했
다. 그것을 본 제비가 힐난을 퍼부었다.

"이 변변치 못한 여편네야! 그것도 알이라고 품고 있나? 나중에
너를 물어 버릴 텐데!"

■ ■ ■
자선을 잘못 베풀면 해악만 끼친다.

160
제우스와 수치심

제우스가 처음 인간을 만들 때의 일이다.

그는 다른 모든 감정은 다 집어넣고 만들었지만, 수치심을 넣는 것을 잊어버렸다. 뒤늦게 그 사실을 깨달은 제우스는 수치심을 어디로 집어넣어야 할지 고민하게 되었다.

하는 수 없이 제우스는 수치심에게 직접 인간의 몸속으로 들어가라고 지시했다.

수치심은 처음에 거절했지만, 제우스가 워낙 완강하게 요구하는 터라 이렇게 말했다.

"좋습니다. 그럼 한 가지 조건이 있습니다."

"뭔가?"

"에로스란 놈이 제 뒤를 따라 들어오지 못하게 해 주세요. 녀석이 들어오는 날이면 전 다시 빠져나가겠습니다."

제우스가 그 말을 들어주었고, 수치심은 그렇게 인간의 몸속으로 들어갔다.

술과 여자를 밝히는 사람한테는 수치심을 찾아볼 수가 없는데, 바로 제우스가 수치심과 했던 이 약속 때문이라고 한다.

 ▪▪▪
쾌락에 눈이 멀면 수치심을 잃게 된다.

172

161
목동과 헤라클레스

목동 하나가 우마차를 몰고 길을 가고 있었다.

한참을 잘 가던 마차가 길가 수렁에 빠졌다. 더구나 바퀴가 깊숙이 빠지는 바람에 좀처럼 움직일 수가 없었다.

그런데 목동은 소와 함께 마차를 끌어내려 하지 않았다. 그저 가만히 마차 위에 앉아서 평소 섬기는 헤라클레스만 부르며 구원을 청하는 것이었다.

헤라클레스가 그의 앞에 나타나 말했다.

"우선 마차에서 내린 다음 황소를 채찍질하게나. 아무런 노력도 하지 않고 함부로 나를 부르지 말라고. 그래 봐야 네 목만 아플 테니까!"

■ ■ ■
구원은 최대한의 자구 노력 끝에 찾아올까 말까 한다.

162
황소와 암송아지

황소는 들판에서 거친 숨을 몰아쉬며 노역에 시달리고 있었고, 암송아지는 나무그늘에 앉아 그 광경을 구경하고 있었다. 암송아지의 눈에 황소가 여간 불쌍하지가 않았다.

얼마 후 그곳에서 근엄한 종교 행사가 열렸고, 덕분에 황소도 잠시 멍에를 벗고 쉴 수가 있었다. 그런데 갑자기 손에 칼을 든 사내들이 나타나서 거칠게 암송아지를 붙잡아 제물로 바치려고 했다. 그것을 본 황소가 웃으며 말했다.

"녀석아, 너한테 일을 시키지 않은 까닭을 이제야 알겠느냐?"

 ■ ■ ■
게으른 자의 한 치 앞에는 죽음이 도사리고 있다.

163
수공업자들

제우스가 한번은 자기 아들 헤르메스에게, 마시면 거짓말을 하게 되는 술을 수공업자들에게 한 모금씩 나눠 주라고 지시했다. 헤르메스가 지시대로 모든 수공업자에게 똑같은 양의 술을 따라 주었다.

그런데 마지막으로 구두를 만드는 사람의 차례가 되었을 때, 술통에는 술이 많이 남아 있었다. 그래서 헤르메스는 그 나머지 술을 모두 그에게 따라 주었다.

그후로 수공업자들은 모두 약간의 거짓말을 하는데, 그중에서도 구두를 만드는 사람이 제일 심한 거짓말을 하게 된 것이다.

 ■■■
거짓말은 그 자체가 죄일 뿐 아니라 정신까지도 더럽힌다.

164
시골 처녀와 우유통

한 시골 처녀가 우유통을 머리에 이고 걸어가면서 속으로 이런저런 생각을 했다.

'이 우유를 판 돈으로 계란 3백 개를 사면, 썩은 것과 족제비가 물어 가는 것을 빼더라도 족히 250마리의 병아리가 부화할 것이다. 그 병아리들은 금세 자랄 것이고 값이 가장 좋을 때 내다 팔 수 있을 것이다. 그러면 내년쯤에는 새 옷도 살 수 있을 것이다. 초록색으로……. 그래, 초록색이 내 얼굴에 가장 잘 어울릴 거야. 그 옷을 입고 파티장에 나가면 청년들은 모두 나와 춤추고 싶어할 거야. 하지만 안 되지. 난 누구도 선뜻 받아 주지 않고 오만하게 물리칠 것이다…….'

처녀는 이런 식으로 끝도 없는 상상의 날개를 펼쳤다. 그러다가 한순간 몸의 균형을 잃었고, 이고 있던 우유통이 바닥으로 굴러 떨어졌다. 좋았던 상상도 그 순간에 박살나 버렸다.

■■■
섣부른 공상은 재갈을 물리지 않은 억센 말과 같다.

이 우유를 판 돈으로 계란 삼백 개… 이백오십 마리의 병아리… 초록빛깔의 새 옷… 무도회장… 청년들은 모두들 나와 춤을 추고 싶어할 거야

165
사자의 발자국

사냥꾼이 사자의 발자국을 찾고 있었다.

그러던 중 우연히 나무꾼을 만나 그에게 물었다.

"혹시 사자 발자국을 보지 못했소?"

나무꾼이 고개를 흔들었다.

"그럼 사자 굴이 어디에 있는지는 아시오?"

나무꾼이 이번에도 고개를 흔들면서 말했다.

"그러지 말고, 내가 아예 사자를 직접 보여 주리다."

그러자 사냥꾼은 갑자기 낯빛이 창백해지고, 몸을 부들부들 떨면서 이렇게 말하는 것이었다.

"내가 찾는 건 사자의 발자국이지, 진짜 사자는 아녜요."

■■■
아는 것도 어렵지만, 행하는 것 또한 쉽지 않다.
말뿐인 것과 행동과는 엄청난 차이가 있다.

166
개미들

땅바닥을 기어 다니는 개미는 원래 농사일을 하던 사람이었다.

그런데 원래부터 욕심이 많았던지, 자기가 지은 농사만으로는 만족하지 못하고 항상 남의 곡식을 훔쳐 가곤 했다.

어느 날, 이 사실을 알게 된 제우스가 그를 괘씸히 여겨 개미로 만들어 버렸다.

겉모습이 변하긴 했지만 제 버릇까지는 버리지 못했는지, 개미는 지금도 남의 땅을 쏘다니며 열심히 낟알을 물어 가곤 한다.

■ ■ ■
나쁜 습관은 외모가 바뀌더라도 변하기 힘들다.

167
산토끼들과 독수리

토끼들이 사나운 독수리를 상대로 치열한 싸움을 벌였다. 한 마리인 독수리에 비해 토끼는 수적으로 훨씬 많았지만, 시간이 지날수록 상황은 악화되었다. 산토끼들은 하는 수 없이 근처의 여우에게 도움을 청했다.

그러자 여우가 심드렁한 표정으로 이렇게 대꾸했다.

"너희가 누구와 싸우는지 몰랐다면 나도 아마 도와주었을 거야."

남에게 은혜를 베풀 때에도 상황 판단이 필요하다.

168
사자의 음모

황소 세 마리가 함께 몰려다니며 풀을 뜯고 있었다. 숲속의 사자가 그들을 노렸으나, 세 마리가 항상 함께 어울렸기 때문에 달리 도리가 없었다.

사자는 하는 수 없이 장기전에 돌입했고, 황소들 사이를 돌아다니며 중상모략을 퍼뜨렸다.
결국 세 마리를 갈라놓는 데 성공한 사자는 제각각 풀을 뜯는 황소들을 차례대로 한 마리씩 잡아먹었다.

■ ■ ■
적들과 대항하기 위해서는 조직이 필요하다.

169
라우테 연주자

라우테를 연주하는 사내가 사방이 미끈한 대리석으로 장식된 방에서 노래를 불러 보았더니, 목소리가 매우 그럴싸했다. 그래서 라우테 연주를 접고 가수가 되고자 본격적인 수업에 매달렸다. 그러나 그의 형편없는 목소리를 확인한 청중들은 첫 무대에서 그를 쫓아 버렸다.

■ ■ ■
섣부른 판단은 화를 부른다.

170
더 큰 것을 쫓다가

어슬렁거리던 사자가 잠든 토끼를 발견했다. 사자는 얼씨구나 하고 토끼를 집어삼키려고 했다.

그런데 문득 그 옆으로 사슴 한 마리가 지나가는 것이 보였다. 토끼보다 몇 배는 더 좋은 먹잇감이었다. 사자는 이제 토끼를 놔두고 사슴을 뒤쫓기 시작했다.

사자가 맹렬히 추격했지만, 달아나는 데는 다리가 긴 사슴이 훨씬 더 유리했다. 한참을 뒤쫓다가 도저히 따라잡을 수 없다고 판단한 사자는 결국 추격을 멈추고 토끼나 잡으려고 되돌아왔다.

그러나 돌아왔을 때는 이미 토끼도 보이지 않았다. 북새통에 잠이 깬 토끼가 벌써 달아나 버린 것이었다.

사자는 스스로를 한탄했다.

"꼴좋구나! 더 좋은 걸 노리다가 손안에 든 떡을 놓치다니……!"

인간은 항상 더 크고 새로운 것을 갈망하며 방황한다. 그리고 틀림없이 가질 수 있었던 것조차 놓쳐 버렸다는 사실을 뒤늦게 깨닫고 후회한다.

171
박쥐와 고양이

날아다니던 박쥐가 실수로 벽에 부딪쳤다가 땅에 떨어졌다. 그런데 불행히도 그 앞에 고양이가 버티고 있었다. 단번에 고양이에게 붙잡힌 박쥐가 살려 달라고 애원했다.

고양이가 말했다.

"난 천성적으로 새들이 싫어. 그래서 살려 줄 수가 없다."

그러자 박쥐는 양 날개로 싹싹 빌면서 자기는 새가 아니라 쥐라고 주장하여 간신히 위기를 모면할 수 있었다.

그러나 얼마 후 박쥐는 다시 땅에 떨어졌고 또 다른 고양이한테 붙잡혔다. 박쥐는 이번에도 살려 달라고 애원했다.

그러자 고양이가 말했다.

"난 쥐와는 천적 관계에 있어. 그러니 널 잡아먹어야겠다."

박쥐가 완강히 부인하며 말했다.

"전 쥐가 아니라 새라니까요. 보세요! 여기 날개도 달렸잖아요!"

박쥐는 그렇게 자기 신분을 두 번이나 바꿔 가며 목숨을 보존할 수 있었다.

■ ■ ■
상황에 따라 눈치껏 지혜를 발휘하는 것이 처세의 기본이다.

172
양가죽을 쓴 늑대

굶주림에 지친 어떤 늑대가 늑대인 것을 감추면 먹을 것을 구할 수 있으리라 생각했다. 그래서 양의 가죽을 뒤집어쓴 채 몰래 양 떼 틈으로 끼어들었다.

저녁이 되자, 양치기는 늑대가 섞인 양 떼를 우리 안에 가두었다. 얼마 후 늑대가 양가죽을 벗고 본격적인 사냥을 시작하려 할 즈음이었다.

갑자기 문이 열리면서 양치기가 칼을 들고 들어오더니, 저녁거리로 양 한 마리를 잡았다. 그런데 그것이 하필이면 변장을 하고 숨어 있던 늑대였다.

 ■ ■ ■
늑대 새끼는 결국 늑대가 되고, 원숭이는 비단을 입혀 놓아도 역시 원숭이일 뿐이다.

173
제우스와 당나귀

당나귀들은 끊임없이 등짐을 져야 하는 자기들의 신세가 부당하다고 생각했다. 그래서 팔자 좀 고쳐 달라고 청원하기 위해 대표를 뽑아 제우스에게 보냈다.

그러나 제우스는 그것이 불가능하다는 것을 알려 주려고 이렇게 말했다.

"만약 너희가 강물이 될 정도로 많은 오줌을 눈다면 그 소원을 들어주겠노라."

당나귀들은 그 말을 진담으로 알아들었다. 그래서 오늘날까지도 당나귀들은 다른 당나귀가 오줌을 눈 자국만 보면, 혹시나 강물이 되어 흐르지 않을까 하고 거기에다 오줌을 싼다.

■ ■ ■
한 번 정해진 운명을 뒤바꾸기란 매우 힘든 일이다.

174
사자와 멧돼지

무더운 여름날, 숲속의 작은 옹달샘에 사자와 멧돼지가 나타났다. 둘은 서로 먼저 물을 마시려고 실랑이를 벌였는데, 나중에는 아주 큰 싸움이 되어 버렸다.

한참 동안 치고받던 사자와 멧돼지는 숨을 돌리기 위해 잠시 멈추고 주위를 둘러보았다. 그리고 동시에 목격했다. 어느 쪽이든 죽게 되면 뜯어 먹으려고 기다리는 수많은 독수리 떼와 까마귀 떼를.

사자가 멧돼지에게 제안했다.

"우린 차라리 친구가 되는 편이 좋겠군."

멧돼지도 대답했다.

"맞아, 독수리나 까마귀 떼에게 먹히기보다는 말이야!"

■■■
분별력과 결단이 없는 무한 투쟁은 결국 파국으로 치달을 위험성을 내포하고 있다.

개구리와 우물물

175

여름날, 가뭄이 찾아와 연못이 바닥을 드러냈다. 그리하여 그 연못에 살고 있던 여러 마리의 개구리들은 새 연못을 찾아 나서야만 했다.

길을 떠난 개구리들은 얼마 후 물이 잔뜩 고인 우물가에 도착했다.

"여기가 좋겠다! 우리 다 같이 내려가자!"

그러자 다른 개구리가 말을 받았다.

"그랬다가 우물물까지 말라 버리면 어떻게 나오려고?"

 ▪ ▪ ▪ 신중함은 가장 견고한 성벽이다. 결코 붕괴하는 일도, 배반하는 일도 없다.

176
당나귀와 여우

당나귀 한 마리가 사자 가죽을 뒤집어쓴 채 돌아다니며 다른
동물들에게 겁을 주었다.
그러다 여우를 만났고, 똑같이 겁을 주기 위해 '힝힝!' 소리를 냈다.
그러나 여우는 그 울음소리를 듣고 이렇게 말하는 것이었다.
"네 울음소리를 듣지 않았더라면, 아닌 게 아니라 나도 많이 놀랐
겠다."

 많은 사람들이 자신의 실제보다 과대 포장되기를 원하지만, 헛된 일이다.

177
늑대의 불만

등창이 난 당나귀 한 마리가 언덕에서 풀을 뜯고 있었다.
그때 까마귀가 당나귀 등에 내려앉으며 발톱으로 상처를 건드리
자 당나귀가 죽는소리를 냈다. 그러자 멀리서 그 광경을 지켜보던

당나귀 주인이 크게 웃었다.

그때 숨어서 그 근처를 배회하던 늑대가 투덜거렸다.

"빌어먹을! 우리를 쫓아야 할 인간은 아직 웃고 있는데, 그놈의 종놈이 날 보자마자 날뛰고 지랄이야!"

사악한 존재는 단지 그 모습을 보이는 것만으로도 분위기를 뒤바꿔 놓는다.

178
족제비

족제비 한 마리가 농부의 대장간에 숨어들어 가 줄칼을 핥기 시작했다. 혀로 줄칼을 핥으니 당연히 상처가 나면서 피가 흘러나왔다.

그러나 미련한 족제비는 쇠붙이에서 즙이 흘러나오는 줄로 알고 더욱 열심히 줄칼을 핥아 댔고, 결국에는 혀가 잘려 죽고 말았다.

유혹의 달콤함에 가리지 않고 빠져들다가는 결국 파국을 맞게 된다.

179
곰과 여우

곰이 여우에게 말하기를, 자기는 사람을 너무나 사랑하기 때문에 시체에는 절대로 손대는 법이 없다고 했다.
이에 여우가 받아쳤다.
"산 사람을 건드리느니, 차라리 시체를 난도질하지 그러시오!"

이 세상에는 천사의 가면을 쓴 채 짐승처럼 행동하는 사람들이 존재한다.

180
포도밭의 울타리

한 어리석은 청년이 현명한 아버지로부터 잘 가꾸어진 넓은 포도농장을 물려받았다.
청년은 어느 날 포도밭 주위에 설치된 울타리들을 모조리 걷어치웠다. 포도 수확에 별다른 도움이 되지 않는다는 판단에서였다.
울타리가 없어지자 포도밭에는 여러 사람과 짐승들이 마음대로

들락거릴 수 있게 되었고, 얼마 못 가서 포도밭은 엉망이 되어 버
렸다. 어리석은 청년은 비로소 후회하며 깨달았다.
포도밭을 보호한다는 것은, 그것을 소유하는 일 못지않게 중요하
다는 사실을.

■■■
처음부터 대가大家인 사람은 없다. 어리석은 사람도 실패를 할 때마다 경험을 쌓아
한 가지씩 개선할 수 있는 것이다.

181
달팽이와 꼬마

 한 시골 꼬마가 달팽이를 잡아다가 모닥불에 구웠다.
달팽이가 불기운에 익으면서 '쉭쉭!' 김빠지는 소리를 냈다.
그 소리를 듣고 아이가 소리쳤다.
"이 바보야! 네 집이 불붙고 있는데, 넌 노래만 하고 있냐?"

■■■
우리는 종종 때를 맞추지 못해 일을 엉망으로 만들곤 한다.

182
벌과 양봉하는 사람

마을에 꿀벌을 치는 집이 있었는데, 주인이 자리를 비운 사이에 도둑이 들어와서 벌통의 꿀을 몽땅 훔쳐 갔다.

얼마 후 주인이 돌아와 보니 벌통이 텅 비어 있었다. 한눈에 도둑이 든 사실을 깨닫고 낙심하고 있는데, 때마침 꿀을 구하러 나갔던 벌들이 돌아왔다. 그리고 꿀이 없어진 사실을 안 꿀벌들이 화를 내며 주인을 마구 쏘았다.

주인이 소리쳤다.

"이 미련한 것들아! 도둑놈은 그냥 보내고 어째서 너희를 돌보는 날 쏘는 것이냐!"

 ■■■ 적을 경계하지 못하는 아군은 적보다도 위험한 존재이다.

이 미련한 것들아! 도둑놈 돌보는 날 쏘는 것이냐!

은 그 남 보고 내고 어째서 너 희들

183
토끼들

오랜 옛날, 숲속의 토끼들이 회합을 갖고 자신들의 신세를 한탄했다.

그들은 덩치도 작고 힘도 없는 동물이었다. 인간이나 늑대, 독수리 등 자신들을 노리는 수많은 적들에 대한 공포 때문에 살아갈 희망조차 보이지 않았다. 그들은 언제 들이닥칠지도 모르는 위험 속에서 사느니 차라리 목숨을 끊어 버리자고 결심했다. 그래서 다들 연못으로 달려갔다.

때마침 그 연못가에는 개구리 몇몇이 나와 있었는데, 토끼들의 발소리에 놀라 허겁지겁 물속으로 달아나는 것이었다.

그것을 본 토끼들 중 하나가 말했다.

"잠깐! 우리의 경솔한 행동은 이쯤에서 멈추기로 합시다! 왜냐하면 우린 방금 전, 우리보다 더 큰 공포 속에 살고 있는 존재를 발견했기 때문이오!"

 ■■■
불행한 사람들은 자기보다 더욱 불행한 사람들을 보고 위안을 받는다.

까마귀의 지혜

갈증을 느낀 까마귀가 멀찌감치 놓인 물주전자를 발견하고는 기쁜 마음으로 날아갔다.

그런데 주전자를 살펴보니 물이 밑바닥에만 조금 남아있을 뿐이었다. 아무리 몸을 구부리고 애를 써 봐도 물을 마실 수가 없자, 까마귀는 부리로 물주전자를 쪼아 깨뜨리려고 했다. 또 뒤집어 보려고도 했다. 그러나 그럴 만한 힘도 없을 뿐더러 마땅한 대안이 되지 못했다.

주위를 두리번거리던 까마귀는 옆에 놓인 작은 돌 몇 개를 발견했고, 그것들을 하나씩 물주전자 속에 집어넣었다.

그러자 바닥의 물이 조금씩 위로 올라왔고, 까마귀는 물을 마실 수 있었다.

■ ■ ■
힘으로 안 되는 일도 지혜와 인내로써 극복할 수 있다.

185
개구리와 여우

어느 날 늪에 사는 개구리가 밖으로 나와서 우쭐대며 다른 짐승들에게 말했다.

"나는 의사입니다. 모든 병을 치료할 수 있습니다."

그 말에 여우가 톡 쏘아붙였다.

"흥, 제 발 절룩거리는 것도 못 고치는 자가 어떻게 남을 고치겠다고 나서?"

우선 겸손을 배우려 하지 않는 자는 아무것도 배우지 못한다.

186
사냥개와 산토끼

오랫동안 산토끼를 추적하던 사냥개가 마침내 따라붙었다. 사냥개는 처음에 날카로운 이빨로 산토끼를 물어뜯었다. 그러다가 더 이상 공격을 하지 않고 혀로 핥기만 하는 것이었다.

산토끼는 상대방을 어떻게 생각해야 할지 몰랐다. 결국 참다못한 산토끼가 사냥개에게 물었다.

"당신이 만약 내 편이라면 왜 나를 물어뜯는 것입니까? 또 만약 적이라면 왜 자꾸 나를 핥아 대는 것입니까?"

 ■ ■ ■
의심스런 아군은 명백한 적군보다 더 나쁘다.

187
당나귀와 개구리

나뭇짐을 잔뜩 짊어진 당나귀가 냇물을 건너다가 미끄러져 넘어졌다. 당나귀는 일어나지도 못하고 울부짖으며 신음했다. 그때 냇물에 사는 개구리가 당나귀의 신음소리를 듣고 말했다.

"그렇게 물에 빠지자마자 죽는다고 소리치면, 줄곧 물속에 빠져 사는 우리는 어떡하라고!"

 ■ ■ ■
사람들은 큰 시련은 묵묵히 견디면서도 작은 고생에 질겁하며 호들갑을 떤다.

188
무장해제

사자 한 마리가 농부의 딸에게 반해 청혼을 해 왔다.

농부는 감히 자기 딸을 넘보는 들짐승에게 분노가 치밀었지만 대놓고 거절할 처지도 못 되었다. 사자야말로 대적할 상대가 없는 맹수 중의 맹수였던 것이다.

한동안 골치를 싸매고 누워 있던 농부의 머릿속에 한 가지 묘안이 떠올랐다. 농부는 곧 자리를 털고 사자를 찾아가 이렇게 말했다.

"사위로 받아들이겠지만, 딸이 두려워하고 있다. 하지만 사나운 이빨을 모두 뽑아 버리고 발톱을 깎는다면, 기꺼이 청혼을 받아들이겠다."

농부의 딸에게 완전히 빠져 있던 사자는 어떠한 희생이라도 감수할 각오가 되어 있었다. 그래서 농부가 시키는 대로 이빨과 발톱을 모두 뽑아 버리고 나타났다.

그러나 농부는 사나운 무기가 없어진 사자를 보자 몽둥이로 두들겨 쫓아 버렸다.

 다른 사람보다 뛰어난 재능이 있다면, 그것이 아무리 보잘것없는 것일지라도 결코 빼앗겨서는 안 된다.

189
개미와 비둘기

개미 한 마리가 목마름을 덜려고 샘터에 갔다가 미끄러지는 바람에 물에 빠져 죽게 생겼다.

그런데 때마침 근처 나무에 앉아 있던 비둘기가 그 장면을 목격하고는 개미를 불쌍히 여겨 나뭇잎 하나를 떨어뜨려 주었다. 다행히 개미는 나뭇잎 위로 올라가 무사히 물 밖으로 빠져나왔다.

얼마 후, 사냥꾼 하나가 그물을 펼쳐 들고 비둘기 쪽으로 다가왔다. 사냥꾼이 비둘기를 향해 그물을 던지려고 할 때였다. 개미가 재빨리 사냥꾼의 발을 깨물었다.

사냥꾼이 놀라 펄쩍 뛰면서 그물을 떨어뜨렸고, 그 바람에 비둘기는 위험을 알아차리고 날아가 버렸다.

 ■ ■ ■ 남에게 선행을 베풀 때, 그는 스스로에게 최선을 다하고 있는 것이다.

190
뱀과 제우스

사람들한테 무수히 짓밟혀 온 뱀이 어느 날 제우스를 찾아가 자신의 처지를 개선해 달라고 부탁했다.
그러자 제우스는 이렇게 말했다.
"맨 먼저 너를 밟는 사람을 물어 버려라. 그렇게 하면 누구도 널 함부로 짓밟지 못할 것이다."

 ■■■ 먼저 기선을 제압해야 승리도 가능한 것이다.

191
산토끼가 빠른 이유

덤불 속에서 우연히 산토끼를 발견한 사냥개가 한참 동안 그 뒤를 쫓았다. 그러나 산토끼가 워낙 날쌔게 도망치는 바람에 허탕을 치고 말았다.
마침 그 곁을 지나던 양치기가 사냥개를 놀려 댔다.
"너보다 산토끼가 더 빠른 것 같구나."

그러자 사냥개는 이렇게 말하는 것이었다.

"음식이 탐나서 뛰는 것과 목숨이 아까워서 뛰는 것은 얘기가 다르지요."

어떤 문제에든 양면은 있다.

192
낙타와 인간

사람들이 처음 낙타를 보았을 때는 그 크기며 이상한 생김새에 겁을 집어먹고 도망쳤다.

그러나 얼마 동안 살펴보면서 낙타가 매우 유순한 동물임을 깨달았다. 그래서 슬슬 옆으로 다가가 보았다. 그리고 아무리 건드려도 화를 내지 않는 짐승임을 깨닫고는 경멸하기 시작했다. 그래서 입에다 재갈을 물렸고, 등에 짐을 실어 노예로 삼았다.

처음에는 두렵고 낯선 것들도 익숙해지면 우습게 보이는 법이다.

193
구두쇠의 고민

소심한 구두쇠가 우연히 순금으로 만든 사자 상을 발견했다. 하지만 워낙 소심했기 때문에 사자 상을 손에 넣을 생각은 하지 못하고 단지 번민만을 되풀이할 뿐이었다.

"세상에, 나에게도 이런 행운이! 그런데 행운치고는 참 이상해! 이 행운은 나한테 어떤 결과를 불러올까? 그런데 이 보물이 내 눈에 뜨인 건 우연일까? 아냐, 틀림없이 어떤 신이 이것을 내 눈앞에 던져 놓았을 거야. 그렇다면 이것은 과연 내 것인가? 금을 좋아하는 내 욕망은 가지라고 말하지만, 겁 많은 내 본성은 참으라고 하지 않는가. 오, 변덕스런 행운의 여신이여! 아무런 기쁨도 주지 못하는 보물이여! 저주가 되어 버린 신의 은총이여!"

구두쇠는 이러지도 저러지도 못하다가 결국 자기 집 하인들을 불러 사자 상을 옮겨 놓았다. 하지만 그후에도 다가가지 못하고 멀찍이서 지켜보기만 할 뿐이었다.

■ ■ ■
제대로 쓰지도 않는 재산을 가지고 있는 것은 결국 한 푼도 가지고 있지 않는 것과 다를 바 없다.

194
태양의 결혼

무더운 여름날, 태양이 곧 결혼을 하게 될 것이라는 소문이 무성했다.

날짐승과 들짐승 모두 그 일을 두고 즐거워했다. 특히 개구리들은 태양의 결혼식 날을 휴일로 정하고 기꺼이 축복하기로 했다.

그런데 나이 먹은 한 두꺼비가 오히려 그런 개구리들을 나무랐다. 태양의 결혼식은 기뻐할 일이 아니라 비극이라고 주장하는 것이었다.

개구리들이 의아해하자 두꺼비가 이유를 설명해 주었다.

"하나의 태양만으로도 벅차다. 벌써 늪이 바싹 말라 버렸는데, 그 태양이 결혼하여 몇 명의 자식이라도 만들면 우린 대체 어떻게 될 것인가?"

■ ■ ■
때론 모르는 것이 약이 될 때가 있다.

195
개암과 망토

한 목동이 자기가 관리하는 양 떼를 몰고 개암나무 숲으로 갔다. 그곳에서 양들에게 풀을 뜯게 하고는, 자기는 망토를 벗어 놓고 개암을 따기 위해 나무 위로 올라갔다.

그런데 양 한 마리가 떨어진 개암을 주워먹다가 실수로 주인의 망토까지 짓씹어 놓았다.

나무에서 내려온 목동이 망가진 망토를 보고 양에게 욕을 퍼부었다.

"이놈아! 넌 개암과 망토도 구분 못하냐!"

 살다 보면 자신도 모르게 은인에게 해를 끼치는 경우가 있다.

196
쐐기풀

들에서 놀다 들어온 아이가 쐐기풀에 찔려 괴로워했다. 놀란
어머니가 아이의 손을 치료해 주었다.

아이가 말했다.

"몹쓸 풀에 그저 손만 약간 댔을 뿐인데……."

아이의 어머니가 말했다.

"네가 쐐기풀에 찔린 건 손을 살짝 댔기 때문이야. 다음번에 또 쐐
기풀을 만지려거든 손에 힘을 꽉 쥐고 붙잡아라. 그러면 쐐기풀이
널 조금도 아프게 하지 않을 테니까."

■ ■ ■
뚜렷한 목표를 세웠으면 그 성취를 위해 대담하게 도전해야 한다.

197
외눈박이 까마귀

사업차 도시를 여행하던 사람들이 어느 도시에 막 도착했을 때, 외눈박이 까마귀와 마주치게 되었다.

한 사람이 말했다.

"까마귀를 만난 것은 아무래도 징조가 좋지 않아. 그러니 이 도시는 포기하고 돌아가는 게 어떤가?"

그러자 다른 친구가 이렇게 말하는 것이었다.

"자기 눈 잃는 것도 예측하지 못한 저런 하찮은 짐승 때문에 우리 계획이 흔들릴 필요가 있겠는가?"

 ■■■ 스스로 떳떳하지 못한 자는 남에게 조언해 줄 자격이 없다.

198
나귀와 말

말을 부러워한 나귀가 있었다.

자기는 죽도록 일을 해도 배불리 먹지 못하는 반면, 말은 먹을 것도 많았고 사람들의 극진한 보살핌도 받기 때문이었다.

그러나 얼마 후 전쟁이 터졌고, 말은 중무장한 병사를 태우고 전장으로 나갔다. 그렇게 사방으로 뛰어다니던 말은, 적진에 뛰어들어 온몸에 구타를 당한 채 결국 창에 찔려 죽고 말았다.

이 소식을 들은 나귀는, 자기가 나귀인 것에 안도하며 행복감을 느꼈다.

■ ■ ■
만족은 가난한 자를 풍요롭게 하고, 풍요로운 자를 가난하게 한다.

199
수탉을 두려워하는 사자

어떤 사자가 프로메테우스를 비난하고 있었다.

사자는 프로메테우스가 자신을 아주 잘생기게 만들고, 강인한 이빨과 발톱, 그리고 모든 동물들을 거느릴 힘을 주었지만, 수탉을 두려워하게 만들었다고 불평하였다.

사자의 불평을 듣다못한 프로메테우스가 말했다.

"자네의 모든 재능은 다 자네를 위해 만들었다네. 내가 줄 수 있었던 모든 것을 자네에게 준 거지. 그러니 나를 원망하지 말게나. 자네가 불평하는 그 약점은 바로 자네의 영혼 탓일세."

프로메테우스의 말을 듣고 난 사자는 괴로워서 견딜 수가 없었다. 스스로를 비겁자라고 자책했으며, 마침내 더 이상 살 목적을 상실한 그는 죽기로 마음먹었다.

죽을 장소를 찾아 헤매던 사자는 우연히 코끼리를 만났다.

사자는 코끼리가 잠시도 쉴 틈 없이 귀를 움직이고 있는 것을 보고 물었다.

"당신은 어째서 귀를 가만히 놔두지 않는 거죠?"

때마침 작은 날벌레 한 마리가 코끼리의 머리 주위를 맴돌고 있었다.

코끼리가 말했다.

어쨌든 수
탉은 날벌레
보다 더욱
무서운 존재
임에틀림
없어

"윙윙거리는 놈 보이지요? 저놈이 내 귓속에 들어오는 날엔 끝장입니다."

순간 사자가 무릎을 쳤다.

"맞아! 나는 크고 강하며, 코끼리보다 운도 좋아. 그러니 애써 죽음을 자초할 필요는 없지. 하지만 어쨌든 수탉은 날벌레보다 더 무서운 존재임에 틀림없어……!"

물질은 육체를 위하여, 육체는 영혼을 위하여, 영혼은 신을 위하여 존재한다.

200
사자 가죽을 뒤집어쓴 나귀

나귀 한 마리가 사자 가죽을 뒤집어쓰고 거드름을 피우며 돌아다니자, 사람은 물론 다른 동물들까지도 모두 달아나기에 바빴다. 그러나 얼마 후 사자 가죽이 벗겨지고 정체가 밝혀지자, 모두들 몽둥이를 들고 나귀를 두들겨 팼다.

환경이나 조건이 바뀌었다고 해서 다른 무엇인 체해서는 안 된다.
남을 놀라게 하는 것은 위험을 초래한다.

201
황금알을 낳는 거위

어떤 과부가 거위 한 마리를 붙잡았는데, 이 거위는 날마다 황금알을 하나씩 낳는 거위였다. 과부는 날마다 그 황금알을 팔아 큰돈을 벌었다.

그러자 부자가 된 과부는 점점 욕심이 났다. 그래서 하루 한 알에 만족하지 못하고, 보물을 한꺼번에 얻고 싶은 마음에 거위를 잡아 배를 갈랐다.

하지만 거기에는 황금알은커녕 생기다 만 황금 반 톨도 보이지 않았다.

 ■■■
더 많이 갖고자 하는 탐욕이 모든 것을 망친다.

202
사막의 여인

낙타를 타고 사막을 여행하던 남자가 우연히 한 여인을 만났다. 사막에서 혼자 외롭게 살고 있던 그녀는 매우 아름다웠다.

남자가 물었다.

"당신은 누구십니까?"

여인이 말했다.

"저는 진실입니다."

"그런데 왜 이 삭막한 사막에서 혼자 사는 거죠?"

여인이 말해 주었다.

"만나는 사람들마다 모두 거짓말을 해서 같이 살 수가 없었습니다. 그래서 이렇게 홀로 살고 있습니다."

■ ■ ■

거짓이 진실의 숨통을 조인다.

가장 혐오스런 거짓말은 가장 진실에 가까운 허언虛言들이다.

203
참나무들

나무들이 어느 날 제우스에게 불평을 늘어놓았다.

"우린 아무짝에도 쓸모가 없는 한심한 존재들입니다. 좀 크는가 싶으면 금세 베어지거든요. 우리만큼 끔찍한 도끼질을 당하는 나무도 아마 없을 거예요."

"누굴 탓하겠느냐, 다 너희들 잘못이지."

제우스가 말했다.

"애초에 너희가 도끼 자루를 만들지 않았다면, 또 농사꾼들에게 쓸모가 없었다면 도끼질당할 까닭이 어디 있겠느냐?"

■ ■ ■

스스로 제 함정을 파고도 남을 원망하는 어리석음이란!

204
수사슴

나이 많고 병든 수사슴이 손쉽게 풀을 뜯기 위해 숲에서 멀지 않은 언덕 위에 누워 있었다.

그런데 많은 동물들이 수사슴을 병문안 와서는 조금씩 조금씩 그곳의 풀을 모두 뜯어 먹는 것이었다.

병든 수사슴은 급기야 먹을 것이 없어 굶어 죽고 말았다.

■■■
무절제에는 변이 따르고, 게으름에는 가난이 따른다.
방탕하게 굴다가는 재산도, 생명도 모두 잃게 된다.

205
독수리의 목청

독수리도 애초에는 백조처럼 제법 쓸 만한 목청을 지니고 있었다.

하지만 말의 울음소리를 듣고는 그 소리가 그럴싸해 보여 자기도 말처럼 우렁찬 목소리를 가져야겠다고 생각하고 많은 연습을 되풀이했다.

그러나 독수리는 뜻도 이루지 못한 채 원래 지녔던 목청마저 잃어
버리고 말았다.

 분수에 넘치는 것을 탐내면 가진 것마저 잃게 된다.

206
대장장이와 강아지

어떤 대장장이가 강아지 한 마리를 기르고 있었다.

그가 일을 할 때 강아지는 낮잠을 즐겼는데, 그러다가도 식사를
할 때면 언제나 먼저 와서 앉았다.

대장장이가 강아지에게 음식을 덜어 주면서 말했다.

"요 녀석은 내가 팔 근육을 움직일 때는 잠만 자다가 턱을 움직이
면 금방 깨어나는군!"

 게으름뱅이는 다른 사람에게 의존하여 살아가는 경우가 많다.

207
소와 도살업자

한번은 소들이 모의를 갖고 도살업자들을 죽여 버리기로 결의했다. 오랫동안 축적돼 온 그들의 도살 기술을 없애 버리기 위해서였다.

소들이 투쟁의 뿔을 날카롭게 갈고 있는데, 그때 오랜 세월 들일을 해 온 나이든 황소가 입을 열었다.

"여러분, 모쪼록 신중해야 하오."

"?"

"도살업자들은 적어도 솜씨 있게 우리를 죽이는데, 만약 서툰 일꾼들에게 그 일이 맡겨진다면 죽음의 고통은 두 배로 커질 것이오. 왜냐하면 인간들은 설사 도살업자가 없어지더라도 소고기 없이는 지낼 수가 없으니 말이오."

■■■

섣불리 도망치지 말라. 전혀 낯설고 새로운 공포 앞에 놓여지기보다는 현재의 불행을 참고 견디는 쪽이 나을 것이다.

216

208
낚시꾼과 작은 물고기

물고기를 잡아 생활하는 낚시꾼이 온종일 낚시에 매달렸지만, 잡은 거라곤 겨우 작은 물고기 한 마리뿐이었다. 게다가 그 작은 물고기는 이렇게 말하는 것이었다.

"제발 저를 살려 주십시오. 부탁입니다. 보시다시피 전 이렇게 작아서 당신의 한 끼 식사거리조차 되지 못합니다. 저를 그냥 놓아 주십시오. 그러면 좀 더 커서 먹음직스러워졌을 때 다시 저를 잡을 수 있을 겁니다."

그러나 낚시꾼은 들은 척도 하지 않았다.

"안 돼. 난 지금 너를 잡고 있어. 하지만 만약 내가 널 강물에 풀어 주면 너는 곧 '잡을 테면 잡아 봐라.' 하는 식이 될 거다!"

■ ■ ■
기회는 좀처럼 다시 찾아오지 않는 법이다.

209
시골 쥐와 도시 쥐

하루는 시골 쥐가 도시에 살고 있는 친구 쥐에게 식사나 하자고 초대했다. 도시 쥐는 흔쾌히 승낙했다.

하지만 시골 쥐가 내놓은 먹이가 보리와 쌀 등 곡식 낟알이 전부임을 알고 한마디 했다.

"착한 네 마음은 잘 알겠지만 넌 참 가난하게 살고 있구나. 나한테 훌륭한 먹이가 많이 있어. 함께 우리 집에 가지 않을래?"

시골 쥐가 응했고 둘은 곧 도시 쥐의 집으로 갔다.

도시 쥐의 말은 사실이었다. 콩과 빵, 대추야자, 치즈, 꿀……. 온갖 맛있는 음식들이 즐비했다. 도시 쥐가 차려 낸 성찬에 시골 쥐는 가난한 자신의 신세를 한탄했다.

그리고 그들이 막 성찬을 즐기려는 순간이었다. 갑자기 사람의 기척이 느껴졌고, 둘은 허겁지겁 갈라진 틈으로 달아났다.

얼마 후 다시 돌아와 말라빠진 무화과를 먹으려고 하는데, 이번에도 발이 큼지막한 누군가가 방 안으로 들어왔다. 화들짝 놀란 둘은 다시 한 번 구멍 속으로 숨었다.

"난 그만 돌아가야겠어."

시골 쥐가 말했다.

"너의 진수성찬은 위험과 공포라는 값비싼 대가를 치르고 얻어

낸 것이야. 하지만 난 그냥 보리와 낟알로 된 식사를 하는 편이 낫겠어. 누구도 두려워하지 않고 말이야."

언제 꺼질지도 모를 불안한 배부름을 향유하느니 평화가 보장된 검소한 생활이 낫다.

210
장난 쳐하는 개

사납고 장난치기를 좋아하는 개가 있었다. 주인은 그 개가 이웃 사람들을 물거나 귀찮게 하지 못하게 목덜미에 무거운 칼을 씌워 놓았다. 그러자 개는 그 칼을 자랑거리로 여기며 거리를 활보했다.

그러자 빈정거리기 좋아하는 한 친구가 개한테 말해 주었다.

"얌전하게 굴수록 좋다는 걸 알아야지! 너의 그 칼은 상장이 아니라 망신을 주는 표적이라고!"

악명과 명성을 착각하지 말라.

211
달아나는 사자

사냥꾼이 나타나자 숲속의 동물들이 모두 도망쳤다. 하지만 사자만은 와 볼 테면 와 봐라 하는 식으로 버티며 으르렁거렸다. 이에 사냥꾼이 화살을 한 대 날려 사자의 몸에 깊은 상처를 입혔다. 사냥꾼이 소리쳤다.

"이놈아! 우선 내 심부름꾼인 화살의 맛을 보고, 그 다음으로 내 주먹맛이 어떤지 봐라!"

그러자 화살을 맞은 사자는 뒤도 돌아보지 않고 내빼기 시작했다. 그 꼴을 본 여우가 동물의 왕답게 용기를 내라고 부추겼지만, 사자는 이렇게 대꾸하는 것이었다.

"객쩍은 소리 하지 마라! 심부름꾼이 이렇게 매서운데, 그 주인은 오죽하겠냐?"

■ ■ ■
엇비슷한 상대와 맞부딪쳤을 때는 적절히 선수를 치는 것도 상책이다.

212
개와 그림자

달이 환한 밤이었다.

어떤 개가 푸줏간에서 고깃덩어리를 훔쳐 물고 집으로 오던 길에 냇물을 건너게 되었다.

무심코 강물 속을 굽어본 개는 깜짝 놀랐다. 냇물 속에서 어떤 개가 먹음직스런 고깃덩어리를 물고 자신을 올려다보는 것이 아닌가.

사실 그것은 그 개의 그림자가 달빛에 반사된 것이었지만, 그것을 알 리 없는 개는 물속의 고깃덩어리까지도 빼앗고 싶었다. 그래서 그것을 향해 '멍멍!' 짖어 댔고, 그 바람에 물고 있던 고깃덩어리를 물속에 빠뜨리고 말았다.

 ▪▪▪ 우리는 종종 멀리 있는 허상에 사로잡혀 눈앞의 것을 놓치고 만다.

213
또 다른 착취자

사람들을 선동하여 많은 피해를 끼친 어떤 정치가가 공공 재판에 회부되었다. 그를 사형에 처할 것인가, 아니면 살려 줄 것인가를 두고 의견이 분분할 때 이솝이 나서서 연설을 하기 시작했다.

"강을 건너던 여우 한 마리가 깊은 도랑에 빠졌습니다. 여우는 벗어나기 위해 발버둥을 쳐 보았으나 허사였습니다. 기진맥진하여 꼼짝도 못하는 그의 몸에는 거머리까지 달라붙었습니다. 때마침 그곳을 지나던 고슴도치가 여우를 발견했습니다. 고슴도치는 여우를 측은히 여겨 자기가 거머리라도 떼어 주겠다고 했습니다. 그러나 여우는 완강히 거절하는 것이었습니다. 고슴도치가 물었습니다. "왜 안 된다는 거요?" 여우가 대답했습니다. "이것들은 이미 배불리 먹었을 것이다. 더 이상 많은 피를 빨아먹진 못할 것이다. 하지만 만약 이 거머리들을 떼어 버린다면, 굶주린 또 다른 거머리가 와서 내 남은 피를 모두 빨아먹을 것이다……."

이야기를 마친 이솝이 힘주어 덧붙였다.

"이것은 당신들에게도 마찬가지입니다. 이 자는 더 이상 당신들에게 해를 끼치지 않을 것입니다. 왜냐하면 부유하니까요. 그러나 만일 그를 죽여 버린다면 여전히 굶주린 다른 자들이 나타날

것이고, 그들은 계속해서 당신들을 착취할 것입니다."

214
양치기가 기른 늑대

어떤 양치기가 숲에서 우연히 늑대 새끼를 발견하여 목장에 데려와 키웠다.

늑대가 어느 정도 자라자, 양치기는 늑대에게 다른 집의 양을 훔쳐 오는 방법을 가르쳤다.

어느 날 늑대가 양치기에게 말했다.

"당신이 양을 훔쳐 오는 방법을 일러 주었으니, 이제는 당신의 양도 조심해야 할 겁니다."

■■■
도둑놈에게 열쇠 맡긴 셈, 나쁜 사람에게 나쁜 짓을 하라고 내맡기는 것이다.

215
세 사람의 직공

사방이 적에게 포위된 도시가 있었다. 곧 적들의 공격이 시작될 참이었다. 긴급회의가 소집되었고, 도시를 방어하려면 어떤 방법이 좋을지 토론되었다.

먼저 벽돌공이 말했다.

"어떤 힘도 벽돌 앞에서는 소용이 없습니다. 벽돌로 성을 쌓아야 합니다."

두 번째로 목공이 나서더니, 벽돌보다는 나무로 방책을 쌓는 것이 효과적이라고 주장했다.

그러자 피혁공이 자리에서 벌떡 일어서며 목소리를 높였다.

"뭐니뭐니 해도 세상에 가죽보다 질기고 훌륭한 물건은 없소이다!"

자신이 가장 잘 알고 있다고 해서 그것이 가장 좋은 것은 아니다.

어떤 힘도 벽돌 앞에서는 소용이 없습니다

세상에 뛰어나니 해도 가죽 보다 질기고 흘릴 한 물건은 없소이다

벽 돌 보다는 나무로

216
농부와 황새

한 농부가 갓 뿌려 놓은 보리를 훔쳐 먹는 두루미들을 잡으려고 밭에 그물을 쳤다.

얼마 후 그물을 살펴보니, 그물에 걸린 여러 두루미들 중에 황새 한 마리가 섞여 있었다.

황새가 울면서 애원했다.

"농부님, 제발 저를 풀어 주십시오. 보시다시피 전 두루미가 아닙니다. 전 당신의 보리 한 톨도 건드리지 않았습니다. 당신도 알다시피 저는 새들 가운데서도 가장 온순한 새입니다. 저는 제 식구들을 돌볼 줄 알고……."

"그만!"

농부가 황새의 말을 가로막았다.

"그래! 네 말이 모두 사실일지 모르지만, 틀림없는 사실은 네가 농작물을 망쳐 놓는 그런 놈들과 함께 붙잡혔다는 거야. 그래서 넌 같이 있던 친구들과 똑같은 고통을 당해야 한다는 거지."

■■■
주위의 나쁜 환경이 더 많은 것을 증명해 준다.

217
모기와 사자

모기 한 마리가 사자에게 다가가 시비를 걸었다.

"이 사자 놈아! 다른 짐승들은 몰라도 난 네놈이 조금도 두렵지 않다. 도대체 네놈이 어디가 그렇게 세다는 거냐? 발톱으로 할퀴고 이빨로 물어뜯는 걸 갖고 세다는 거냐? 그 정도는 아낙들도 자기 남편과 싸울 때 다 하는 거다. 아무튼 네놈이 그렇게 세다니, 어디 한판 붙어 보자!"

모기가 앵앵거리더니 먼저 사자의 콧구멍 속에 한 방 쏘았다.

그러자 참을 수가 없었던 사자가 으르렁거리면서 발톱을 세워 휘둘렀지만, 날랜 모기를 잡을 수가 없었다.

한동안 헛기운을 쓴 사자는 곧 기진맥진해 버렸고, 사자를 누른 모기는 콧노래를 부르며 날아갔다. 그러나 얼마 못 가서 그만 거미줄에 걸리고 말았다.

거미에게 잡아먹히게 된 모기가 비통해했다.

"사자같이 큰 상대를 싸워 이긴 내가 이 하찮은 벌레에게 먹히는구나!"

■ ■ ■
강자를 쓰러뜨렸다고 하더라도 약자를 향한 경계를 늦추어서는 안 된다.

218
은혜를 베푸는 사내

여행을 하던 디오게네스가 한번은 깊은 강물을 만나 발이 묶이게 되었다. 때마침 그 지역 사람 하나가 디오게네스의 난처한 입장을 알고 목말을 태워 건너게 해 주었다. 그러자 맞은편에 도착한 디오게네스는 가진 것이 없어 제대로 인사도 못한다며 가난을 한탄했다.

그런데 그러는 사이에 디오게네스와 똑같이 강을 건너지 못하는 사람이 나타났고, 사내는 그에게 뛰어가 역시 목말을 태워 강을 건너게 해 주었다.

이윽고 디오게네스가 그 사내를 나무라며 말했다.

"자네가 해 준 일이 그다지 고맙지가 않아졌네."

"?"

"지금 베푼 선행이 자네 나름의 판단에 따른 것이 아니라, 무조건 해야 한다는 강박관념에서라면 뭐 그리 고맙겠는가!"

무슨 일이든 진실한 마음이 뒷받침되어야 한다.

219
늙은 말

한 시절 전쟁터를 누비던 말이 세월이 흘러 늙어 버리자, 방앗간에서 연자방아나 돌리는 신세로 전락했다.

말이 긴 한숨을 내쉬며 자기 신세를 한탄했다.

"아, 옛날에는 그렇게 잘 달렸건만, 막판에 와서 이 무슨 기구한 팔자란 말인가!"

■ ■ ■
지난날의 행복과 영광을 그리워하는 어리석음이란!

220
유모의 말

먹이를 찾아 헤매던 늑대가 우연히 어느 집 문 앞을 지나게 되었다.

마침 그 집 안에서는 유모가 우는 아이를 달래고 있었다. 늑대가 잠시 귀를 기울이자니 유모의 목소리가 들려왔다.

"자, 이제 그만 울음을 그쳐라. 안 그러면 밖에 있는 늑대한테 던져 버릴 테다!"

그 말을 들은 늑대가 침을 꿀꺽 삼켰다.

늑대는 유모가 틀림없이 자기한테 아이를 던질 것이라 생각하며 집 밖에서 한참을 기다렸다.

그런데 날이 어두워지면서 아이가 얌전해지자, 유모는 이렇게 말하는 것이었다.

"정말 착하구나! 만약 장난꾸러기 늑대가 우리 귀염둥이를 잡으러 오면 그놈의 늑대를 때려죽이자. 알았지?"

그 소리를 들은 늑대는 적잖이 실망하면서 그 집 앞을 떠났다.

공연한 기대에 허기만 더해진 늑대가 돌아오면서 혼잣말로 중얼거렸다.

"씁쓸하군! 아마 이것도 입으로는 무슨 말을 하면서 속으로는 딴 생각을 하고 있는 인간들의 말을 믿은 탓일 거야."

■ ■ ■
말하는 것과 행하는 것은 별개의 문제다.

221
운명의 장난

수사슴 한 마리가 옹달샘에서 물을 마시다가 물속에 비친 제 모습을 보게 되었다.

사슴은 자신의 머리에 달린 크고 아름다운 뿔에 자부심을 느꼈지만, 가냘프고 허약해 보이는 다리에는 불만을 느꼈다.

사슴이 그렇게 한동안 생각에 잠겨 있는데 갑자기 사자가 나타났다. 사슴은 재빨리 내달렸고 사자보다 훨씬 앞서 달아났다. 오직 허약하게만 보이던 그의 다리 덕분이었다.

사자는 계속 추적했지만 사슴이 들판을 내달릴 동안에는 따라잡을 수가 없었다. 그러다 나무가 빽빽한 숲에 이르자 그만 사슴의 뿔이 나뭇가지에 걸렸다. 사슴은 더 이상 도망치지 못하고 결국 사자에게 목덜미를 물리고 말았다.

막 숨이 끊어지려는 찰나 사슴이 생각했다.

"이 무슨 운명의 장난이란 말인가! 나를 저버릴까 염려했던 다리가 나를 보호해 주고, 자만심을 키워 주던 뿔이 나를 죽음으로 내모는구나!"

 가장 큰 허영심은 명성을 사랑하는 것이다.

222
전나무와 찔레나무

전나무와 찔레나무가 논쟁을 벌였다.

전나무는 쭉 뻗은 자신의 몸매를 과시하며 말했다.

"난 날씬하고 키도 커서 누구보다도 아름다워. 게다가 커다란 저택의 기둥이 되고 큰 배의 갑판을 만든다고. 어떻게 감히 너 따위가 나한테 견주겠다는 거지?"

그러자 찔레나무가 톡 쏘았다.

"잘 생각해 봐. 네 몸을 찍고 자르는 도끼와 톱을 떠올리면, 차라리 찔레나무로 사는 게 낫다는 생각이 들걸?"

 ■■■ 명성은 영원한 삶을 얻은 것 같은 착각을 느끼게 한다.
그러나 진짜 명성은 죽은 후에나 찾아오는 것, 살아생전의 명성으로 오만해서는 안
된다.

223
나무 조각상

한 사내가 우연히 신의 형상을 한 나무 조각상을 얻게 되었다. 가난했던 사내는 날마다 그 나무 조각상에게 가난을 떨치게 해 달라고 빌었다.

그러나 기도의 효험도 없이 불행은 엎친 데 덮친 격으로 찾아들었고, 삶은 점점 더 궁핍해졌다. 화가 난 사내는 조각상을 집어 들고 냅다 벽에 내리쳤다. 그러자 신의 머리 부분이 툭 떨어지더니 그 속에서 금화가 쏟아지는 것이었다.

사내가 바닥에 흩어진 금화를 움켜잡으며 소리쳤다.

"신이시여! 참으로 알 수 없는 분이시군요! 그토록 받들어 모실 때는 쳐다보지도 않으시더니, 이렇게 부숴 버리니까 은혜를 베푸시다니요!"

■■■
때로는 받들기보다 오히려 두들겨 패야 말이 잘 통할 때가 있지 않은가?

224
세 마디 진실

힘없는 어린 양이 늑대에게 붙잡혔다.

양은 무슨 짓이든 다 할 테니 제발 목숨만은 살려 달라고 애원했다.

그러자 늑대는 이렇게 말하는 것이었다.

"요놈아, 난 네 녀석이 진실을 말하기 전에는 절대로 못 놔주겠다. 어디, 진실 세 마디만 해 봐라."

그러자 양은 이렇게 대답했다.

"내가 늑대님을 만나지 않았더라면 얼마나 좋을까! 하지만 그렇게 되지는 못했으니, 늑대님이 장님이었으면 하고 바랄 뿐이죠. 물론 그것도 아니겠지만…… 늑대님도 오래 살다 보면 분명 그렇게 될 겁니다."

양의 솔직한 말을 들은 늑대는 처음 약속대로 양을 풀어주었다.

때에 따라서는 솔직함이 적 앞에서도 힘을 갖는다.

여우의 복수

친하게 지내던 독수리와 여우가 이웃하여 살게 되었다. 독수리는 높다란 나무 꼭대기에 둥지를 틀어 알을 낳았고, 여우는 그 밑의 덤불숲에서 새끼들을 낳았다.

어느 날 여우가 먹이를 구하러 나간 사이에 독수리가 여우의 덤불을 덮쳤다. 그리고는 여우 새끼들을 낚아채 자기 새끼들과 함께 먹어 치웠다.

얼마 후 덤불로 돌아온 여우는 무슨 일이 벌어졌는지를 한눈에 알 수 있었다. 여우는 새끼를 잃은 슬픔보다도, 독수리에게 복수하기가 힘들다는 사실에 절망했다. 땅에 사는 여우가 어떻게 하늘을 나는 새를 추격할 수 있는가? 여우가 할 수 있는 일이라야 고작 나약하고 무능한 동물로서 원수를 저주하는 정도였다.

그런데 얼마 후 원수 독수리가 천벌을 받을 기회가 찾아왔다.

사람들이 들판에 제단을 만들어 놓고 그 위에다 불을 놓았다. 거기에 죽은 염소를 제물로 올려 놓고 제사를 지내는 것이었다.

독수리는 이 틈을 놓치지 않고 날쌔게 제단 위로 날아가 불타는 염소를 낚아채 자신의 둥지로 돌아왔다. 그런데 때마침 강한 바람이 불어와 독수리 둥지에 불이 붙었고, 아직 날지 못하는 독수리 새끼들이 불에 타 땅바닥으로 떨어졌다.

여우는 이때를 놓칠세라 달려나가 독수리가 지켜보는 가운데 그
것들을 모조리 먹어 치웠다.

226
대머리

가발을 쓴 대머리 사내가 말을 타고 가는데, 갑자기 바람이
불어와 가발이 벗겨졌다. 그것을 본 사람들은 배꼽이 빠져라 웃
었다.
그러자 그 사내는 말을 세우고 이렇게 말하는 것이었다.
"머리카락의 원래 주인도 자기 머리를 간수하지 못했거늘, 하물
며 내가 남의 머리카락을 좀 떨어뜨린 게 뭐 그리 대단한 일입
니까?"

227
까마귀의 한탄

어느 날 병든 아기 까마귀가 엄마 까마귀한테 말했다.

"엄마, 그렇게 슬퍼하지만 말고 아무 신한테든 기도를 해 주세요!"

그러자 엄마 까마귀는 이렇게 한탄하는 것이었다.

"애야, 어느 신한테 자비를 빌어 본단 말이냐? 우리가 잿밥을 훔치지 않은 신이 하나도 없는 것을!"

■ ■ ■
평소 사방에 적을 두고 있는 사람은 곤경에 처했을 때 도움을 청할 수가 없다.

228
개구리들의 통치자

어느 날 개구리들은 자신들을 통치할 지도자가 없다는 사실에 실망을 느꼈다. 그래서 제우스에게 대표단을 파견하여 자기들의 왕을 만들어 달라고 부탁했다.

제우스는 단번에 개구리들이 매우 단순하다는 것을 알았다. 그래

237

서 우선 연못에다 나무토막 하나를 떨어뜨려 보았다.

첨벙 소리에 놀란 개구리들은 삽시간에 연못 밑바닥까지 기어들어 갔다. 그러다가 나무토막이 움직이지 않자 다시 수면 위로 기어 나왔다. 그리고는 그 나무토막을 경멸하면서 그 위로 펄쩍 뛰어올랐다.

개구리들은 나무토막 따위에 자신들이 다스려진다는 사실에 자존심이 상했다. 그래서 다시 제우스를 찾아가 나무토막은 너무 게으르니 바꿔 달라고 부탁했다.

이에 정이 뚝 떨어진 제우스는, 닥치는 대로 개구리들을 집어삼키는 물뱀 한 마리를 보내 주었다.

■■■
무해한 통치자가 폭군보다 낫다.
통치가 필요하지 않도록 하는 것이 모든 통치의 목적이다.

229
제 꾀에 빠지다

당나귀와 여우가 함께 사냥을 나갔다.

그런데 갑자기 사자가 나타났고, 단번에 위험을 감지한 여우는 사

자에게 다가가 한 가지 제안을 했다. 만일 자신의 안전을 보장해
준다면 당나귀를 넘겨주겠노라고.

사자가 선선히 그러마 했고, 여우는 당나귀를 넘겨주었다.

그러나 당나귀가 도저히 달아날 수 없다는 것을 깨달은 사자는 먼
저 여우를 잡아먹어 버렸다.

 ■■■ 배신은 배신을 낳고, 결국에는 자신까지도 파멸시킨다.

230
대머리가 된 이유

어떤 사내가 두 여자를 애인으로 두고 있었는데, 한 명은 늙었
고 다른 한 명은 한창 피어오르는 젊은 여자였다.

그런데 늙은 여자는 사내를 만날 때마다 검은 머리카락을 뽑았고,
젊은 여자는 흰 것을 뽑았다. 그리하여 사내는 결국 대머리가 되
고 말았다.

 ■■■ 탐욕은 일체를 얻고자 욕심내어서 도리어 모든 것을 잃어버린다.

231
사자와 나귀

사자와 나귀가 한 팀이 되었다. 사자는 나귀의 억척스런 힘을, 나귀는 사자의 용맹과 빠른 걸음을 이용하면서 사이좋게 사냥을 했다.

얼마 후 둘은 충분한 사냥감을 얻게 되었고, 사자가 그것을 세 덩어리로 나누었다.

"나는 첫 번째 몫을 가지겠네."

사자가 말했다.

"왜냐하면 나는 숲속의 왕으로서 가장 높은 지위를 차지하고 있기 때문이지. 또한 자네와 동등한 입장에서 두 번째 몫도 갖겠네. 그리고 이 세 번째 몫은……."

사자가 엄포를 놓으며 덧붙였다.

"자네가 이쯤에서 슬그머니 물러서지 않는다면, 자네는 심각한 상태에 이를 것이네!"

■ ■ ■
먼저 자신의 능력을 잘 파악한 후 그것에 맞는 일을 찾아야 하며, 또 자기보다 너무 강한 사람과 일을 도모해서는 안 된다.

232
어부지리 漁父之利

어느 날 서로 뜻이 맞은 사자와 곰이 협력하여 사슴 한 마리를 잡았다.

그런데 문제는 그 다음이었다. 서로 자신의 공이 더 크다며 사슴의 배분을 놓고 싸우기 시작한 것이었다.

둘 다 우열을 가리기 힘든 강적이었다. 그들은 한 치의 물러섬 없이 서로 치고받다가 나중에는 지쳐서 거의 그로기 상태가 되었다.

때마침 그곳을 지나던 여우가 그 광경을 목격했다. 그리고 재빨리 상황을 판단하고는 둘 사이에 놓인 사슴을 물고 유유히 그곳을 떠났다.

쓰러진 사자가 울분을 토하며 말했다.

"우리의 모든 수고와 고통이 결국 저 교활한 여우 녀석을 위한 것이었다니!"

 ■■■
그릇된 결과의 이면에는 섬세한 원인이 숨어 있다. 원인과 결과는 한 사실의 양면을 형성한다.

233
늑대와 말

늑대가 어떤 농장에 들어갔다가 넓은 보리밭을 발견했다. 하지만 늑대는 보리를 먹을 수 없었으므로 그냥 두고 나왔다.

얼마 후 우연히 말을 만난 늑대가 말했다.

"내가 아주 굉장한 보리밭을 발견했어. 하지만 널 위해 조금도 건드리지 않고 남겨 두었지. 왜냐하면 너의 보리 씹는 소리가 내 귀에는 음악처럼 들려오기 때문이지. 어때? 나와 같이 보리밭으로 가지 않을래?"

말이 대꾸했다.

"흥, 정말 친절도 하군. 만약 자네가 보리를 먹을 수 있었다면, 과연 식욕보다 귀를 더 앞세웠을지 의심스럽군."

 ■■■
자신에게 도움이 되지 않는 것을 베푸는 행위는 감사받지 못한다.

234
조용한 바다

양치기가 바닷가 언덕의 풀밭으로 양 떼를 몰고 갔다.

그런데 바람도 없이 잔잔한 바다를 보고는 문득 항해를 하고 싶다는 욕구에 사로잡혔다. 그래서 가지고 있던 양들을 모두 팔아 치우고 그 돈으로 종려나무 열매를 사서 배에 실었다.

그러나 얼마 후 양치기가 탄 배는 폭풍을 만나 난파당했고, 양치기는 종려나무 열매고 뭐고 몽땅 잃은 채 간신히 목숨만 건져 육지에 닿았다.

얼마 후 바다가 다시 온화해졌고, 친구 하나가 놀러 왔다가 조용한 바다를 보며 감탄하자 양치기가 말했다.

"저 잔잔한 수면을 조심해야 하네. 저건 자네의 종려나무 열매를 노리고 있을 뿐이니까!"

이상은 항상 매혹적이며 위험한 것, 인생이라는 항해에는 갖은 유혹이 따르게 마련이다.

235
경험으로 배우다

사자와 당나귀와 여우가 힘을 합쳐 사냥을 나갔다.

얼마 후 그들이 많은 사냥감을 잡았을 때, 사자가 먼저 당나귀에게 분배를 하자고 했다. 이에 당나귀는 사냥감을 균등하게 삼등분해 놓고 나서, 사자더러 먼저 하나를 고르라고 했다. 그러자 사자는 격분하여 당나귀를 잡아먹어 버렸다.

사자가 이번에는 여우에게 분배를 요구했다.

그러자 여우는 약간의 볼품없는 것을 제외한 거의 대부분의 것들을 하나로 합쳐 놓았다. 그런 다음 사자에게 하나를 고르라고 했다.

사자가 빙그레 미소 지으며 물었다.

"그런 식으로 물건을 나누는 방법을 어떻게 알았지?"

여우가 침착하게 대답했다.

"바로 지금 당나귀에게 일어났던 일을 보고 배웠지요."

■ ■ ■

타산지석他山之石, 타인의 불행을 교훈 삼아 어리석음을 반복하지 말아야 한다.

236
운명의 여신

어떤 사람이 우물가에서 자고 있었다.

그때 운명의 여신이 나타나 그를 깨우며 말했다.

"어서 일어나 다른 곳으로 옮기시오. 괜히 그러다가 물에 빠져 죽기라도 하면, 당신 유족들은 운명의 여신인 날 원망할 것 아니겠소!"

그릇된 일을 모두 남의 탓으로 돌리는 사람이 있다.

237
무모한 도전

거북이 하늘을 나는 독수리에게, 자신에게도 나는 법을 가르쳐 달라고 졸랐다.

독수리는 거북은 태어날 때부터 날기에는 적합하지 않다고 충고했지만, 거북은 점점 더 매달리며 그를 성가시게 굴었다.

할 수 없이 독수리는 발톱으로 거북의 등을 움켜잡고 하늘로 올라 갔다. 그리고 어느 정도 올라갔을 때, 한번 날아 보라며 놓아주었다. 그러자 독수리의 발톱을 벗어난 거북은 즉시 아래로 곤두박질쳤 고, 커다란 바위 위로 떨어져 산산조각 나 버렸다.

좋은 충고는 좀처럼 환영받지 못한다. 더욱이 충고를 가장 필요로 하는 사람은 항상 그것을 경원敬遠한다.

238
어미 원숭이와 새끼들

어미 원숭이가 두 마리의 새끼를 두었는데, 그중의 하나 는 미워했고 다른 하나에게는 각별한 사랑을 쏟았다.

그런데 그 애지중지하던 새끼는 쉴 새 없이 껴안고 뒹굴다가 그만 압사시키고 말았고, 외롭게 미움을 받으며 살던 놈은 별 탈 없이 잘 자라났다.

지나친 애정보다는 미움이 오히려 더 큰 자극이 된다.

239
나귀의 그림자

무더운 여름날, 한 청년이 여행 중에 타고 갈 나귀와 마부를 고용했다.

정오가 되자 햇살은 살갗을 태워 버릴 정도였다. 나귀에서 내린 청년은 나귀의 그림자에 앉아 휴식을 취하려고 했다.

그런데 마부가 나귀의 그림자에 대해서는 자기한테 권리가 있다고 주장했다. 두 사람은 뜻하지 않게 언쟁을 벌이게 되었다.

청년이 말했다.

"난 이번 여행길 전체를 놓고 나귀를 고용한 것이오!"

마부 역시 물러서지 않았다.

"그렇지요, 당신은 나귀를 고용했습니다. 하지만 나귀의 그림자까지 고용한 건 아니지 않습니까!"

그런데 이런 식으로 두 사람이 서로 옥신각신하고 있는 사이에, 정작 그늘을 제공하고 있던 나귀는 냅다 줄행랑을 놓고 말았다.

 ■■■
때론 양보도 최고의 성공을 거두는 한 방법이다.

240
한 입으로

한 사내가 사티로스(그리스 신화에 나오는 괴물로, 반은 인간이고 반은 짐승이다)를 만나 친구가 되었다.

때마침 한겨울이었고, 찬바람이 불어오자 손이 시린 사내는 손을 입에 대고 입김을 불었다.

그 모습을 본 사티로스가 물었다.

"왜 그래?"

"어, 추워서 손을 좀 녹이는 거야."

곧 식사가 나왔다. 그런데 음식이 너무 뜨거웠다. 사내는 음식을 조금씩 접시에 덜어다가 후후 불었다. 사티로스가 이번에도 왜 그러냐고 물었고, 사내는 음식이 너무 뜨거워서 식히는 것이라고 대답했다.

사티로스가 인상을 찡그리며 말했다.

"한 입으로 데웠다 식혔다 하니, 아무래도 자네와는 친구가 될 수 없을 것 같네!"

 ■■■ 성격이 분명치 않은 사람과는 친구가 될 수 없다.

241
장난이 부른 죽음

어느 날 개구리가 땅쥐에게 고약한 장난을 걸었다. 자기 발에 땅쥐의 발목을 잡아맨 것이었다.

얼마 후 개구리는 저녁 식사감을 찾으려고 연못가로 다가가더니 갑자기 물속으로 뛰어들었다. 그리고는 한껏 수영을 즐기면서 즐거운 소리를 냈다. 하지만 그러는 동안 땅쥐는 질질 끌려 다니면서 뱃속 가득히 물을 먹고 죽어 버렸다. 물 위에 둥둥 뜬 땅쥐의 몸뚱이는 그때까지도 여전히 개구리의 발목에 묶여 있었다.

이때 공중에서 땅쥐를 발견한 솔개가 갑자기 발톱을 뻗었다. 그러자 자유롭지 못한 개구리가 함께 올려졌고, 둘 다 솔개의 밥이 되고 말았다.

■■■
정의의 심판은 언제나 공정하다.

242
암사슴의 후회

암사슴 한 마리가 사냥꾼에게 쫓기다가 포도 넝쿨 뒤로 몸을 숨겼다. 빽빽한 포도 넝쿨은 완벽한 은신처가 되어 주었다.

사냥꾼이 지나가자 위기를 모면한 암사슴은 문득 시장기가 돌았다. 그래서 눈앞의 포도 잎사귀를 뜯어먹기 시작했다.

그런데 포도 잎들을 먹어 치우자 숨어 있던 암사슴의 몸이 드러났고, 마침 추적을 포기하고 되돌아오던 사냥꾼에게 발각되었다.

사냥꾼은 즉시 활을 쏘았고, 화살을 맞고 쓰러지던 암사슴이 한탄했다.

"죽어도 싸구나! 목숨을 구해 준 잎사귀를 뜯어 먹다니!"

 ■ ■ ■
은혜를 저버리면 찾아오는 천벌天罰, 조금 늦더라도 반드시 찾아온다.

243
농부와 사자

어느 날 사자 한 마리가 농가 마당에 나타났다. 그러자 농부는 사자를 잡고 싶은 마음에 밖으로 통하는 문을 모두 걸어 잠갔다. 이윽고 밖으로 나갈 수 없음을 눈치 챈 사자가 양들을 공격하기 시작했고, 뒤이어 황소한테까지 덤벼들었다.

농부는 자신의 판단이 어긋났음을 깨닫고는 얼른 문을 열었고, 사자는 재빨리 그 문을 통해 달아났다.

가축을 잃고 넋이 나간 농부에게 그의 아내가 소리쳤다.

"당연한 대가를 받은 거예요. 멀리서 마주치기만 해도 소름끼치는 짐승을 집 안에 붙잡아 두려고 하다니, 미쳤어요!"

 ■ ■ ■

도둑을 함정으로 유인하기보다는 위협하여 달아나게 하는 것이 안전하다.

244
두더지

어느 날 새끼 두더지가 엄마 두더지에게 말했다.

"엄마, 앞이 보여요."

그러자 엄마 두더지가 자식을 시험해 보려고 유향 한 덩어리를 앞에다 놓고 물었다.

"무엇이냐?"

새끼 두더지가 대답했다.

"돌멩이."

엄마 두더지가 혀를 차면서 말했다.

"쯧쯧, 넌 보기는커녕 냄새도 못 맡는구나!"

 ■ ■ ■
결점이 있는 자가 공연히 뻐기다가 감추어진 다른 결점까지 들통난다.

245
나와 우리

두 사람이 함께 여행을 하고 있었다.

한 사람이 우연히 손도끼를 주워 들고 소리쳤다.

"여보게, 내가 무얼 발견했는지 보게나!"

그러자 다른 한 사내가 말했다.

"나란 말은 하지 말아 주게. 우리가 발견한 것일세."

얼마 후 그 손도끼를 잃어버린 자들이 나타나 그것을 들고 있던 사람을 도둑으로 몰았다.

졸지에 도둑으로 몰린 사람이 동행자에게 말했다.

"아, 우린 이제 끝장이야!"

그러자 다른 한 사내가 말했다.

"우리라고 하지 말고 나는 이제 끝이다라고 해 줬으면 좋겠네."

"?"

"포획물 할당에도 끼지 못한 나더러 위험에 동참해 달라는 건 좀 무리한 부탁 아닌가?"

 ■ ■ ■
친구는 많아서 좋은 것이 아니다. 진정한 친구를 가진 사람이 행운아인 것이다.

246
소용없는 교훈

어느 집 창문 옆에 있는 새장 속에서 새 한 마리가 매일 밤 노래를 부르고 있었다.

하루는 그 노랫소리를 듣고 박쥐가 찾아와 물었다.

"넌 어째서 노래를 낮에는 부르지 않고 밤에만 부르는 거지?"

"다 그럴 만한 이유가 있죠."

새가 설명해 주었다.

"전 낮에 노래를 부르다가 이 집 주인에게 붙잡히는 신세가 되었답니다. 그 경험은 저한테 커다란 교훈을 주었죠. 노래는 밤에 부르는 것이 훨씬 더 안전하다는……!"

그 말을 듣고 난 박쥐가 혀를 끌끌 찼다.

"이제 조심해 봤자 무슨 소용이 있겠니? 잡히기 전에 조심했어야지!"

■ ■ ■
때로는 위대한 진리에도 유통기한이 존재한다.

평생 내 집이라고 생각하고
는데 어떻게 여길 떠나겠
나 살아왔

247
두 마리의 개구리

개구리 두 마리가 이웃하여 살았다. 하나는 길가에 위치한 깊은 연못에, 다른 하나는 마차가 다니는 길 위의 조그만 웅덩이에 머물고 있었다.
연못에 사는 개구리가 웅덩이에 사는 개구리에게 말했다.

"위험하게 왜 길 위에서 그러나? 연못 속엔 먹이도 많은데……."
그러나 길 웅덩이의 개구리는 고개를 흔들었다.
"평생 내 집이라고 생각하고 살아왔는데 어떻게 여길 떠나겠나."
연못 개구리의 권유를 무시한 길 위의 개구리는 며칠 후 그곳을
지나던 마차에 깔려 죽고 말았다.

 ■ ■ ■
환경이 인간을 만들고, 인간이 환경을 만든다.

248
대머리와 파리

파리가 어떤 대머리 사내의 머리에 내려앉았다.

대머리 사내는 손으로 자기 머리를 철썩 때리며 파리를 잡으려고 했지만, 파리는 잽싸게 피해 버렸다.

얼마 후 파리는 또다시 대머리 위에 내려앉았고, 사내는 다시 자기 머리를 쳤다. 이번에도 파리는 몸을 피하면서 말했다.

"이보세요, 아저씨! 내가 잠깐 앉았다고 해서 자기 머리통을 때리다니, 당신 머리통이 얼마나 분하겠어요?"

그러자 대머리 사내는 머리통을 어루만지면서 이렇게 대꾸하는 것이었다.

"그런 염려는 안 해도 된다. 내 머리는 내가 일부러 그러는 것이 아님을 잘 알고 있으니까. 단지 너처럼 하찮은 놈 하나 잡아 죽이지 못하는 내 솜씨가 원망스러울 뿐이다!"

■ ■ ■
자신의 무능함이 상처를 입은 아픔보다 더 아픈 것이다.

249
두 항아리

사기로 된 항아리와 놋쇠로 된 항아리가 홍수를 만나 냇물에 떠내려갔다.

놋쇠 항아리가 사기 항아리에게 말했다.

"같은 길동무인데, 내 옆에 딱 붙어 있으라고. 그러면 내가 자넬 지켜 줄 테니까."

그러자 사기 항아리가 말했다.

"자네 제안은 고맙네만, 그거야말로 내가 가장 두려워하는 거지."

"?"

"자네가 떨어져 있어 주면 난 무사히 하류까지 흘러갈 수 있지만, 불행하게도 우리 둘이 서로 맞부딪치는 일이라도 생기면 난 틀림없이 봉변을 당할 테니까."

■ ■ ■
지나치게 강한 이웃은 피하는 게 좋다.

250
아이와 전갈

어떤 아이가 풀밭에서 메뚜기를 잡고 있었다.
그러다 문득 전갈을 발견하고는, 그것도 메뚜기의 일종인 줄 알고
붙잡으려고 했다.
그러자 전갈이 독 있는 이빨을 드러내며 말했다.
"나한테 손만 대 봐라. 네 목숨에 메뚜기까지 얹어서 없애 버릴 테
니까!"

악인과 선인을 대할 때는 확연한 구별이 필요하다.

251
꼬리에 불붙은 여우

여우의 습격을 받아 농장에 큰 피해를 입은 농부가 있었다.
그는 언제고 복수를 하리라 벼르고 있었는데, 얼마 후 그날이 찾
아왔다. 그 여우가 농부의 손에 걸려든 것이었다.

농부는 여우를 죽이는 단순한 복수에는 관심이 없었다. 그래서 철저한 복수를 위해 기름을 잔뜩 먹인 밧줄을 여우 꼬리에 동여매고, 거기에 불을 붙인 다음 풀어주었다.

그런데 꼬리에 불이 붙은 여우가 이리저리 날뛰다가 하필이면 농부의 밀밭으로 뛰어들었다. 그 결과 수확을 앞둔 농부의 밀밭은 순식간에 잿더미로 변해 버리고 말았다.

■ ■ ■
원한은 또 다른 원한을 부른다.
분에 못 이겨 성을 내다가는 적보다 먼저 자신에게 화가 미친다.

252
낙타의 대답

어느 아라비아 사람이 낙타 등에 짐을 싣고 나서 물었다.
"너는 산을 오르는 것과 내려가는 것 중에서 어느 쪽이 더 좋으냐?"
그러자 낙타가 무뚝뚝하게 대꾸했다.
"주인님, 평야 같은 탄탄대로는 없단 말입니까?"

■ ■ ■
고통 없는 인생이란 없다.

253
바퀴

두 마리의 황소가 짐을 가득 실은 마차를 끌고 가는데, 바퀴가 자꾸만 삐걱삐걱 듣기 싫은 소리를 냈다.
마부가 수레를 향해 소리쳤다.
"네놈은 왜 자꾸 소릴 지르느냐! 이 무거운 것을 끌고 가는 황소들도 잠자코 있는데!"

■ ■ ■
빈 깡통이 요란하다고, 가장 시끄러운 자가 가장 고통받는 자는 아니다.

254
토끼와 거북

거북과 토끼가 서로 누가 더 빠른지를 두고 언쟁을 벌이다가 마침내 시합을 벌이기로 했다.
토끼는 자신의 빠른 속도를 믿고 있었다. 그래서 느림보 거북을 무시하고 길가에 누워 잠이 들었다.

262

거북 역시 천성적으로 느린 자신을 의식하고 있었다. 그래서 조금도 쉬지 않고 기어 나간 끝에 잠든 토끼를 제치고 승리할 수 있었다.

■ ■ ■
잘났다고 우쭐해하는 자보다 노력하는 바보에게 희망이 따른다.

255
여물통 속의 개

개가 말 여물통 속에다 잠자리를 마련해 놓고는, 말들이 여물을 먹지 못하게 으르렁거리면서 누워 있었다.

이에 말 한 마리가 개탄했다.

"이 얼마나 한심한 작태인가! 자기는 먹지도 못하는 보리를, 먹을 수 있는 자한테도 못 먹게 하다니!"

■ ■ ■
남의 불행을 즐기는 자는 지옥에 떨어진다.

256
낙타

낙타 한 마리가 물살 빠른 강을 건너게 되었다. 낙타는 강을 건너는 도중에 볼일을 보았는데, 자기가 싼 똥이 눈앞으로 흘러가는 것이었다.
그것을 본 낙타가 혼잣말로 중얼거렸다.
"이게 웬일이냐? 뒤에 있어야 할 놈이 앞장을 섰구나!"

평소 경멸받는 자가 분발하기 쉽다.

257
순례자와 칼

어떤 순례자가 길을 가다가 칼 한 자루를 주웠다.
순례자가 칼에게 물었다.
"너를 잃어버린 사람이 누구인지는 몰라도 걱정이 많겠구나."
그러자 칼이 이렇게 대답했다.

"나를 잃어버린 사람은 한 사람뿐이지만, 내가 잃게 한 사람은 한
둘이 아니라오."

누구를 동정하기에 앞서 일의 인과부터 살펴보는 것이 좋다.

258
닭과 보석

닭이 모이를 구하기 위해 풀 무더기를 헤치다가 반짝이는 보석
을 발견했다.
닭이 심드렁한 표정으로 중얼거렸다.
"쳇! 주인이 보면 꽤 기뻐할 일이지만, 나한테는 보리 한 톨만큼도
가치가 없는 물건이로군!"

무슨 물건이든 임자를 만나야 제구실을 한다.

259
사자의 동굴

늙고 쇠잔하여 더 이상 먹잇감을 얻을 수가 없게 된 사자가 고육지책으로 한 가지 꾀를 냈다. 자기가 아프다는 소문을 내서, 동굴로 문병오는 동물들을 잡아먹는 것이었다.

그런데 사자의 문병을 간 동물들을 다시 볼 수 없게 되자, 영리한 여우는 사자의 음모를 알아챘다.

얼마 후 여우도 사자의 동굴로 문병을 갔다. 하지만 동굴 안으로 들어서지 않고 밖에 멈춰 섰다. 그리고는 병세가 어떤지를 물었다.

"아주 안 좋다네!"

사자가 짧게 대답하고 나서 물었다.

"그런데 자넨 왜 들어오지 않고 밖에서 그러나?"

"들어가고 싶습니다만……."

여우가 덧붙였다.

"동굴로 들어간 친구들은 여럿 보았지만, 다시 밖으로 나온 친구는 하나도 보질 못해서요."

 ■ ■ ■
최고의 지혜는 위험 신호를 읽는 힘이다.

266

260
분만하는 산

옛날 어느 깊은 산속에서 사나운 굉음이 울려 퍼졌다.

"우르르…… 쾅!"

커다란 굉음에 놀란 마을 사람들은, 산이 무엇인가를 분만하려고 저런다며 수군거렸다.

이 괴기한 소문은 삽시간에 꼬리를 물고 번졌고, 사방의 사람들이 몰려와서 대체 산이 무엇을 낳을까 하고 잔뜩 기대감에 부풀었다.

그런데 오랫동안 목이 빠져라 기다리던 사람들 앞으로 툭 튀어나온 것은 생쥐 한 마리였다.

 ■■■ 터무니없이 큰 약속을 하는 사람들은 결국 보잘것없는 일밖에 하지 못한다.

267

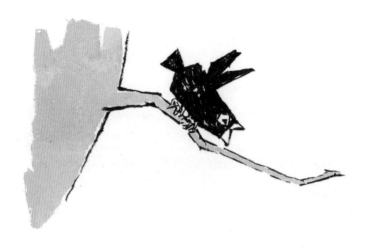

261
아둔한 까마귀

고깃덩어리를 입에 물고 나뭇가지에 앉아 있는 까마귀가 있었다. 그 고기가 탐이 난 여우는, 나무 아래서 까마귀를 올려다 보며 아첨을 떨었다.

"당신은 정말 덩치도 크고 아름다운 새로군요."

여우는 까마귀가 하늘을 나는 새들의 왕이 되어야 마땅하다고 주장하면서 이렇게 덧붙였다.

"정말 아쉽군요! 만약 당신이 목소리만 아름답다면 틀림없이 왕이 되었을 텐데 말입니다."

고기를 입에 물고 있던 까마귀는 여우가 자기를 벙어리로 오해하고 있다고 생각했다. 그래서 자기도 아름다운 목소리를 가지고 있다는 것을 증명하기 위해 입을 벌렸다.

"까악, 까악!"

울음소리와 함께 고깃덩어리가 아래로 떨어졌다. 이때를 놓칠세라 덥석 고기를 낚아챈 여우가 서둘러 그곳을 떠나며 한마디 덧붙였다.

"만약 그 모든 조건에다 지능 하나만 보탰어도 넌 참 이상적인 왕이 되었을 텐데 말야……."

 ■ ■ ■ 아첨만큼 위험한 것도 없다. 거짓임을 알면서도 믿어 버리기 때문이다.

262
법원과 제비

제비 한 쌍이 법원 처마 밑에다 집을 지었다. 그들은 새끼를 낳았고, 새끼들은 얼마 후면 날 수 있을 정도로 빠르게 성장했다.

그러던 어느 날, 커다란 구렁이가 다가와서 새끼들을 모두 잡아먹었다. 밖에서 돌아온 어미 제비는 텅 빈 보금자리를 발견하고는 북받치는 설움에 목이 메었다.

이웃의 제비들이 몰려와 어미 제비를 위로해 주었다.

"그만 진정하오. 이런 일이 어디 한두 번이오? 그냥 팔자려니 하시구려."

그러나 어미 제비는 울음 섞인 목소리로 이렇게 대꾸하는 것이었다.

"내 그걸 모르는 바 아니지만, 대체 여기가 어디요! 여럿의 권리를 살펴 준다는 법원의 처마 밑에서 이런 무도한 일을 당한 것이 날 더욱 미치게 한단 말이오!"

 ■■■
신뢰가 깊을수록 상실의 슬픔은 견디기 힘들다.

263
말과 마부

한 농장에 욕심 많은 마부가 있었다. 그는 주인 몰래 말이 먹는 귀리를 훔쳐다 팔아먹으면서도 매일같이 말을 쓰다듬어 주었다.
어느 날 말이 그에게 말했다.
"만일 당신이 나를 진정으로 돌봐 줄 생각이라면, 이렇게 매일 쓰다듬어 주기보다는 차라리 먹이나 많이 주는 건 어때요?"

■ ■ ■
앞에서 알랑대는 인간일수록 해를 끼치기 쉽다.

264
독사와 줄칼

어느 날 독사 한 마리가 대장간에 들어갔다.
작업장에 미끄러져 들어간 독사는 그곳에 있는 줄칼에게 말했다.
"아무거나 좋으니 대장간 도구 중 하나만 갖게 해 줘."
줄칼이 말했다.
"나한테서 무엇인가를 얻어 낼 수 있다고 생각하다니, 참으로 순진한 녀석이구나. 왜냐하면 난 지금까지 남의 것을 빼앗기만 했지 한 번도 베푼 적이 없거든."

 착취자에게 자비를 구하지 말라.

265
늑대와 양치기

 어느 날 밤 늑대가 양치기들이 사는 움막 앞을 지나다 슬쩍 안을 들여다보니, 빙 둘러앉은 양치기들이 숯불을 피워 놓고 양고기를 구워 먹고 있었다.
그것을 본 늑대가 밸이 꼬여서 중얼거렸다.
"제기랄! 언제는 귀엽다 소중하다 하며 우리 같은 놈은 손도 못 대게 하더니, 저희들끼리 즐기려고 그랬던 거로군!"

소위 지배 계급의 철학이 양치기와 같을 것이다.

266
미련한 사슴

사자가 병에 걸려 동굴 속에 누워 있었다. 어느 날, 그는 자신의 심복인 여우에게 말했다.

"자네가 날 소생시킬 마음이 있다면, 그 달콤한 언변으로 사슴을 이리로 데려와 주게. 녀석의 심장과 내장이 먹고 싶어 죽겠네."

여우는 곧장 숲으로 나가 사슴을 발견하고 이렇게 말했다.

"자네한테 좋은 소식을 가져왔어. 사자님이 내 친구라는 것쯤은 자네도 알고 있겠지? 물론 그는 지금 병이 나서 거의 죽게 생겼지. 그래서 동물들 가운데 누가 자신의 뒤를 이어야 할지를 깊이 생각해 오셨네. 돼지는 어리석고, 곰은 게으름뱅이이며, 표범은 성미가 괴팍하고, 호랑이는 허풍쟁이라는 걸세. 그런데 사슴은 체구가 당당하고 장수하는 동물이며, 게다가 그 뿔은 상대의 간담을 서늘하게 하거든."

여우가 말을 덧붙였다.

"내 말은 자네가 사자님의 뒤를 이을 왕으로 지명되었다는 것일세. 그러니 당장 나와 함께 가서 그분의 곁을 지켜야 하네."

여우의 말에 우쭐해진 사슴은 자만심에 가득 찼다. 그래서 일말의 의심도 없이 여우를 따라 사자의 동굴로 갔다.

사슴을 본 사자는 즉시 몸을 일으켜 공격을 해 왔다. 그러나 그의

무뎌진 발톱은 사슴의 귀를 살짝 스치기만 했고, 놀란 사슴은 쏜 살같이 달아나 버렸다.

여우는 실망한 나머지 연신 앞발을 두들겼고, 다 잡은 사슴을 놓친 사자는 분해서 큰 소리로 신음했다.

얼마 후, 사자는 여우에게 다른 방식으로 사슴을 꾀어 오도록 간청했다.

"당신은 참 골치 아픈 주문만 하시는군요."

사자의 부탁을 받은 여우가 다시 사슴을 찾아 떠났다. 그래서 얼마 후 땀을 식히고 있던 사슴을 만날 수 있었다.

"자넨 정말 날래기가 천하제일이로군."

여우가 말을 걸자 사슴이 화를 냈다.

"몹쓸 녀석 같으니라고! 다시는 나를 잡아갈 수 없을걸!"

"자네가 이렇게 겁이 많은 줄은 몰랐는걸! 어떻게 우리를 의심할 수가 있는가?"

"무슨 소리야?"

"사자가 자네의 귀를 붙잡았던 건, 죽기 전에 왕으로서의 중대한 충고와 임무를 전달하려 했던 것일세. 그런데 자넨 그 정도도 못 참고……."

여우가 잠시 사슴의 눈치를 살피다가 말했다.

"지금 그는 자네보다 더 화가 나 있네. 그래서 당장에라도 늑대를 왕으로 임명해 버리겠다는 거야. 늑대는 너무도 흉포한 지배자가 될 걸세. 그러니 두려워 말고 나와 함께 가 주게. 사자는 맹세코 자넬 해치지 않을 걸세!"

여우의 감언이설에 넘어간 사슴은 다시 사자의 동굴로 찾아갔다. 사자는 사슴이 안으로 들어오기가 무섭게 공격했고 이번에는 성공을 거두었다. 그래서 자기가 그토록 원하던 사슴의 뼈와 내장 등을 맘껏 먹었다.

옆에서 그 광경을 지켜보던 여우는 죽은 사슴의 심장이 떨어져 나온 것을 몰래 감추었다. 그리고 자신의 수고에 대한 상이려니 하고 그것을 먹어 치웠다.

뒤늦게 심장이 없다는 사실을 알아챈 사자가 남은 조각들을 뒤졌다.

"찾는 일은 그만두는 게 좋을 것입니다."

이미 안전한 거리에 떨어져 있던 여우가 말했다.

"그 녀석은 원래부터 심장을 가지고 있지 않았기 때문입니다."

"무슨 소리야?"

여우가 말했다.

"두 번씩이나 제 발로 사자 소굴을 찾아온 녀석인데, 심장 따위가 있으리라고 보십니까?"

헛된 명예에 마음이 흔들리면 목숨을 노리는 위험조차 감지하지 못한다.

267
쫓겨난 까마귀

허영심과 자만심에 부푼 어떤 까마귀가 공작새들이 떨어뜨린 깃털을 주워다가 자기 몸에 꽂았다. 그리고는 동료 까마귀들을 무시하고 아름다운 공작새 무리를 찾아갔다.

하지만 공작새들은 한눈에 까마귀를 알아보았고, 덩치가 작은 까마귀가 꽂았던 깃털을 빼앗고는 주둥이로 쪼아 쫓아냈다.

까마귀는 자신의 처지를 슬퍼하면서 다시 까마귀들한테로 돌아가 아무 일 없었다는 듯 무리에 끼려고 했다. 하지만 까마귀들은 그가 얼마나 오만하게 굴었는지를 상기하고 호통을 치면서 쫓아냈다.

쫓겨나는 까마귀 등 뒤로 동료 까마귀의 목소리가 들려왔다.

"신이 주신 모습에 만족했더라면, 동료들한테까지 멸시받고 쫓겨나지는 않았을 텐데."

■ ■ ■
순간의 이익에 눈이 먼 기회주의자들은 어디서든 환영받지 못한다.

268
엄마 게와 아기 게

엄마 게가 아기 게에게 충고했다.
"넌 어째서 자꾸 그렇게 비뚤비뚤 걷는 게냐. 좀 똑바로 걸어라!"
그러자 아기 게가 말했다.
"엄마가 좀 가르쳐 주세요. 엄마가 곧장 걷는 걸 보면 저 역시 따라할게요."

 ■■■
한 번의 제대로 된 본보기가 어떤 설교보다도 훌륭하다.

269
가난뱅이와 신들의 사기극

중병에 걸린 어떤 가난뱅이가 병세가 악화되자 기도에 매달리기 시작했다. 그는 신들께 다짐했다. 목숨을 살려 주면 백 마리의 소를 바치겠노라고.
그러자 신들은 가난뱅이를 시험해 보고 싶었다. 그래서 그의 병을 낫게 해 주고 건강을 회복시켜 주었다. 그러나 사실 가난뱅이는 백 마리의 소는 고사하고 닭 한 마리도 없었다. 서둘러 제단을 꾸민 가난뱅이가 밀랍으로 빚은 소 백 마리를 태우면서 읊조렸다.

"신들이시여, 저의 정성을 받으소서!"

어차피 큰 기대를 했던 것은 아니었지만, 신들은 가난뱅이의 소행이 여간 괘씸하지가 않았다. 그래서 이번에는 그를 골려 먹기로 작정했다.

그날 밤 가난뱅이의 꿈속에 나타난 신들이 말했다.

"정해진 시각에 어느 해변에 가면, 아테네 화貨 일천 드라크마의 값을 쳐주겠다."

가난뱅이는 기쁨의 눈물까지 흘리며 바닷가로 뛰어갔다. 그런데 그를 기다리고 있던 것은 해적이었다. 해적은 그를 붙잡아 노예선에 팔아 치웠는데, 몸값이 정확히 일천 드라크마였다.

■ ■ ■
흰 종이에는 펜과 잉크가 있듯이, 사기꾼에게는 영원히 벗어나지 못할 수갑과 사슬이 있다.

270
위에 대한 불만

옛날에는 사람의 몸을 구성하는 여러 기관들이 요즘처럼 조화롭게 지내지 않고 서로 제멋대로 굴었다고 한다.

이때 다른 기관들이 가만히 보니, 위라는 녀석이 손끝 하나 놀리지 않고 맛있는 음식을 받아먹기만 하는 것이었다. 이를 괘씸히 여긴 다른 기관들은 토론을 벌인 끝에, 앞으로는 절대 위에게 음식을 주지 않기로 결의했다. 그래서 손은 음식을 만지려 하지 않았고, 입은 벌리지 않았으며, 이빨은 씹지 않았다.

그 결과 손발에 힘이 빠져 버렸고, 다른 기관들도 모두 기운을 잃어버렸다. 여러 기관들은 그제야 위가 얼마나 큰 역할을 하고 있는지를 깨달았고, 이후 힘을 합쳐 조화를 이루게 되었다.

■■■
정작 소중한 것은 눈에 잘 보이지 않는 법이다.

271
여우와 용

여우는 용의 기다란 몸집이 그렇게 부러울 수가 없었다. 그래서 용이 깊이 잠든 틈에 자기도 용 옆에 드러누워 몸을 길게 늘이려고 안간힘을 썼다.

한참 힘을 주자 몸이 조금씩 늘어나는 것 같았다. 그래서 한층 더 힘을 써 보았더니 몸이 그만 뚝 끊어져 버렸다.

■ ■ ■
뱁새가 황새 따라가다 가랑이 찢어진다.

272
원숭이의 거짓말

옛날에 바다를 여행하는 사람들은 무료함을 달래기 위해 애완용 개나 원숭이를 데리고 다니곤 했다.

어느 날 한 여행자가 원숭이와 함께 아티카 해안에 있는 카피수니움을 목적지로 항해를 하고 있었다. 그런데 항해를 시작한 지 얼마 안 돼서 갑자기 거센 폭풍이 일어 배가 뒤집히고 말았다. 원숭이를 포함한 승객들은 물속에 뛰어들어 헤엄을 쳐야만 했다.

원숭이가 정신없이 허우적거리고 있을 때 돌고래가 나타났다. 돌고래는 원숭이를 사람으로 착각하고 육지까지 태워다 주었다.

아테네의 항구 도시 피레우스에 도착하자 돌고래가 원숭이에게 물었다.

"아테네 태생이십니까?"

"그렇소!"

원숭이는 당당하게 대답하면서 자기 부모가 아테네의 저명한 시민이었음을 덧붙였다.

돌고래가 다시 물었다.

"그럼 피레우스도 잘 아시겠군요."

원숭이는 피레우스 항구를 사람이려니 생각했다.

"물론이오. 피레우스는 내 가장 절친한 친구 중 하나요!"

그러자 터무니없는 거짓말에 화가 난 돌고래는 원숭이를 바다에 처박아 빠져 죽게 내버려두었다.

한 마리의 파리가 한 접시의 요리를 망치고, 보이지 않는 바이러스가 건강한 인간을 쓰러뜨리듯, 거짓말 한마디가 세계의 조화를 깨뜨릴 수 있다.

273
노파와 술 항아리

한 노파가 길을 걷다가 땅바닥에 뒹굴고 있던 술 항아리를 발견했다. 살펴보니 빈 항아리였다. 전에는 가득 들어 있었을 값비싼 포도주가 단 한 방울도 남아 있지 않았지만, 그래도 역시 술 항아리답게 훌륭한 냄새를 풍기고 있었다.

노파가 항아리에 코를 들이대고 냄새를 맡더니 소리쳤다.

"훌륭한 술 항아리여! 남아 있는 냄새가 이렇게 향기로우니 그 옛날 네 안에 들어 있던 것은 얼마나 훌륭했을까!"

 ■ ■ ■
인생을 추억하기 위해서 사람은 먼저 나이를 먹지 않으면 안 된다.

274
곰과 두 나그네

두 친구가 함께 여행을 하던 도중 커다란 곰을 만났다.
잔뜩 겁을 집어먹은 한 친구는 혼자 나무 위로 기어올라 가 위기
를 모면했다. 그러자 다른 친구는 곰과 맞서 봐야 승산이 없음을
알고는 넙죽 땅에 엎드려 죽은 시늉을 했다. 왜냐하면 곰은 사체
엔 결코 손을 대지 않는다고 들었기 때문이다.

그가 가만히 누워 있자 곰이 바싹 다가와 그의 코와 귀 등을 킁킁
거리며 냄새를 맡았다. 그리고는 그가 죽은 줄로 알고 그냥 가 버
렸다.

곰이 완전히 사라지자 나무 위에 있던 친구가 내려와 물었다.

"곰이 자네 귓가에 대고 뭐라고 하는 것 같던데?"

그러자 친구가 이렇게 대답하는 것이었다.

"뭐, 대단한 건 아니야. 위기에 처한 친구를 나 몰라라 하는 사람
과는 같이 다니지 말라더군."

 ■■■
진정한 친구는 위기에 처했을 때 알 수 있다.

284

뭐 대단한 건 아니야
위기에 처한 친구를
나 몰라라 하는
사람과는 같이
다니지 말라더군

275
고양이 목에 방울 달기

오랜 세월 동안 고양이로부터 괴롭힘을 당해 온 생쥐들이 어느 날 회의를 열었다.

생쥐들은 더 이상 고통을 참을 수 없노라고 울분을 토하면서 다양한 방법들을 논의했다. 그러나 많은 계획들이 토론되었다가 좌초되었다.

그때 마침 어떤 젊은 쥐가 일어나서 말했다.

"고양이가 다가오면 그걸 미리 알고 도망칠 수 있도록 고양이 목에다 방울을 달면 어떻겠습니까?"

듣고 보니 매우 훌륭한 방법이었다. 많은 쥐들이 박수로써 그의 제안을 받아들였다.

그런데 아까부터 계속 듣고만 있던 한 나이 먹은 쥐가 이렇게 말하는 것이었다.

"매우 훌륭한 방법이라고 생각하오. 그런데 한 가지 물어보고 싶은 게 있소. 그것은 우리들 중에 과연 누가 고양이 목에 방울을 달 것인가 하는 점이오."

 ■ ■ ■
제안하는 것과 실행하는 것은 전혀 별개의 문제다.

276
장님의 확신

어떤 장님은 앞을 못 보는 대신에 남보다 몇 배는 더 발달한 촉감을 지니고 있었다. 그래서 무엇이든 손으로 만져서 알아맞히지 못하는 것이 없었다.

하루는 어떤 사람이 그 장님을 골탕 먹이려고, 이리 새끼 한 마리를 가져다가 그의 손 위에 놓아주었다. 장님은 그것을 만져 보았지만, 확실히는 맞히지 못하는 눈치였다.

사내가 '그럴 줄 알았어.' 하고 조소하고 있는데, 장님이 입을 열었다.

"늑대 새끼 같기도 하고, 여우 새끼 같기도 하고…… 잘 모르겠군요. 하지만 양 떼 사이에 갖다 놓으면 절대 안 된다는 사실 하나만은 확실합니다."

■ ■ ■
천성을 내쫓아 보라. 달음박질로 되돌아온다.

277
도깨비 가면

호기심 많은 여우가 어느 배우의 집에 들어가 배우의 물건들을 건드리며 놀고 있었다.
그러던 중 문득 도깨비를 연상시키는 가면 하나를 발견했다.
여우가 발로 그 가면을 들어 올리며 감탄했다.
"이 얼마나 훌륭한 머리인가! 이 안에 두뇌가 없다는 것이 안타깝구나!"

■■■
겉모습은 그럴싸하지만 속이 텅 빈 사람들이 많다.

278
딸과 옷

어떤 딸이 자기 어머니에게 푸념했다.
"엄마는 옷 만드는 솜씨가 하나도 없어. 난 여태껏 내 몸에 맞는 옷을 한 번도 입어 보지 못했다니까."

그러자 어머니가 웃으며 말했다.

"나도 너처럼 변덕 심한 아이는 처음 보았다. 초승달 같은가 싶으면 금방 보름달이 되고, 그랬다가 또다시 작아지니, 어떻게 그 몸에 맞는 옷을 지을 수 있겠니?"

■■■
처녀의 변덕은 바람 잘 날 없다.

279
제우스 신과 낙타

한번은 낙타가 제우스에게, 자기들한테도 뿔이 돋아나게 해 달라고 빌었다. 다른 짐승들의 우뚝한 뿔이 매우 부러웠던 것이다. 그러나 제우스는 낙타가 다른 짐승들이 가지지 못한 혹을 가지고 있으면서도 다시 뿔을 원하는 것이 매우 못마땅했다. 그래서 뿔을 돋게 해 주는 대신에 귀를 뿔처럼 뾰족하게 깎아 주었는데, 그만 너무 많이 깎은 탓에 낙타의 귀는 아주 작아져 버렸다.

■■■
주어진 것에 만족하지 못하고 탐욕을 부리다 보면, 자신도 모르는 사이 귀중한 것을 잃고 만다.

280
쥐뿔

족제비들과 적대 관계에 있던 쥐들은 매번 당하기만 하는 자신들의 처지가 한심스러웠다. 그들은 대책 회의를 가졌고, 자기들의 패배가 통솔력 부족에 있다는 결론을 내렸다. 그래서 그들은 몇몇을 골라 장군으로 임명했다. 또한 일반 쥐들과 구분하기 위해 장군 쥐들의 머리 위에 뿔을 만들어 고정시켰다.

곧 족제비와의 일전이 시작되었다. 그러나 쥐 부대는 이번에도 크게 패하여 달아나기 시작했다.

모든 쥐들은 안전하게 쥐 굴로 도망쳤다. 하지만 장군 쥐들은 머리에 고정된 뿔이 자꾸 걸리는 바람에 도망치지 못하고 모조리 포로로 전락해 버렸다.

■ ■ ■
모든 문제의 출발은 허영이다.
우리가 양심이라고 부르는 것조차도 결국은 허영의 숨겨진 싹일 뿐이다.

281
호롱불

기름을 잔뜩 빨아올린 호롱불이 자신의 능력에 감탄하며, 하늘에 떠 있는 해와 달보다도 자기가 더 낫다고 밝음을 뽐냈다.
그러나 바로 그때 한바탕 바람이 불어와 호롱불을 꺼뜨렸다.
주인이 다시 불을 켜 주면서 타일렀다.
"뭐가 그리 잘났다고 으스대는 거냐! 하늘에 떠 있는 것은 아무리 희미한 별이라도 꺼지는 법이 없다는 걸 알아야지!"

본연을 잊고 우쭐대지 말라.

282
도둑과 그의 어머니

한 어린 꼬마가 같은 반 친구의 학용품을 훔쳐 집으로 가져왔다. 그런데 꼬마의 어머니는 아들을 책망하는 대신 오히려 그런 행위를 부채질했다.

아이는 어른이 되자 점점 더 값진 물건들을 훔쳤고, 결국에는 절도죄가 가중되어 형장에 끌려가는 신세가 되었다.

형장에는 많은 구경꾼들이 몰려와 있었는데, 그중에는 아들의 신세를 통탄하는 그의 어머니도 보였다.

사내는 관리에게, 마지막으로 어머니께 한마디 할 수 있게 해 달라고 부탁했다. 이윽고 어머니가 다가와 귀를 갖다 대자, 아들은 어머니의 귓불을 꽉 깨물어 버렸다. 어머니가 비명을 질렀고, 뜻밖의 행위에 놀란 군중들이 그를 꾸짖었다.

"저런 몹쓸 놈! 마지막까지 죄를 저지르는 거냐! 널 낳아 주고 길러 준 어미한테 그게 무슨 짓이냐!"

그러자 아들이 굵은 눈물을 뚝뚝 흘리면서 이렇게 말하는 것이었다.

"내 인생을 망치게 된 것은 다 어머니 때문입니다. 만약 내가 어려서 친구 학용품을 훔쳤을 때 어머니가 나를 호되게 꾸짖었다면, 이렇게 젊은 나이로 최후를 맞을 만큼 큰 죄를 짓지는 않았을 것입니다."

 ▪▪▪ 병든 잎은 어린 떡잎일 때 따 버려야 하듯이, 매를 아끼면 아이를 망치는 수가 있다.

283
오월동주 吳越同舟

서로 증오하는 두 사람이 한 배에 탔는데 한 사람은 고물에, 다른 사람은 이물 쪽에 앉았다.

얼마나 지났을까? 갑자기 풍랑이 밀려와 배가 가라앉을 위기에 처했다.

고물에 앉아 있던 사람이 조타수에게 소리쳐 물었다.

"배의 어느 부분이 먼저 물에 가라앉을 것 같소?"

조타수가 대답했다.

"아무래도 이물 쪽이 먼저 가라앉을 것이오. 그런데 그건 왜 물으시오?"

그가 소리쳐 말했다.

"나보다 내 원수가 먼저 죽는 것을 볼 수만 있다면, 난 죽어도 상관없소!"

 ■ ■ ■
원수를 가진 자는 도처에서 그를 만난다.

284
부자의 기도

사람들을 태운 배가 항해 도중 풍랑을 만나 갑자기 전복되고
말았다. 뜻밖의 사고를 당한 승객들은 저마다 살기 위해 발버둥을
치는데, 아테네 출신의 부자는 혼자 아테나 여신을 부르며 이렇게
외치는 것이었다.

"저를 살려 주십시오! 그러면 제가 가진 수많은 재물을 바치겠나
이다!"

그러자 옆을 헤엄쳐 지나가던 승객 하나가 그에게 말했다.

"여신께 기도 드리는 건 좋지만, 기왕이면 두 팔을 움직이면서 하
면 어떤가?"

 신께 도움을 청하더라도 스스로를 돕기 위한 노력을 멈춰서는 안 된다.

285
인간의 수명

제우스가 처음 사람을 만들었을 때는 지금처럼 수명이 길지가 않았다. 그런데 사람은 그때부터 집을 지어 눈비를 피할 줄 알았다.

어느 추운 겨울날, 말 한 마리가 견디다 못해 사람을 찾아와서 사정했다.

"추워서 못 견디겠습니다. 집 안에 좀 들어가게 해 주십시오."

그러자 사람은 이렇게 말했다.

"네 수명을 좀 떼어 준다면 부탁을 들어주겠다."

당장 추위를 피하는 것이 급선무였던 말이 얼른 수명을 덜어 주었다.

얼마 후, 이번에는 비바람을 견디다 못한 소가 찾아와서 집 안에 들어가게 해 달라고 간청했다. 사람은 이번에도 수명을 좀 떼어 받고 집 안에 넣어 주었다.

그러자 또 개가 추위에 거의 얼어 죽게 되어 찾아왔다. 사람은 개한테서도 수명을 떼어 받았다. 이렇게 되어 사람은 처음보다 훨씬 긴 수명을 갖게 되었다.

그후로 인간은 제우스한테서 받은 나이를 사는 동안에는 착하고 순진하게 살았지만, 말한테서 받은 수명을 살게 되면서부터는 거짓말쟁이에다 콧대가 높아졌고, 소한테서 받은 나이를 살면서는 명령하고 지배하는 버릇이 붙게 되었으며, 개한테서 받은 나이를 살면서는 화를 잘 내고 투덜대는 잔소리꾼이 되었다고 한다.

수시로 변덕을 부리고, 거짓을 일삼고, 성내고, 투덜대고…… 잠시도 가만있지 못하는 것이 우리 인생이다.

286
티티새

모이를 찾아 돌아다니던 티티새 한 마리가 과수원으로 날아가서 잘 익은 과일들을 정신없이 쪼아 먹었다. 그것을 본 새잡이가 끈끈이를 묻힌 장대로 쿡 찔러 티티새를 잡았다.
새가 탄식했다.
"아아! 먹는 데만 정신이 팔려 신세 망치는 줄도 몰랐구나!"

유흥에 정신을 팔다가는 크게 후회하게 된다.

287
호두나무

길가에 호두를 주렁주렁 매단 호두나무가 서 있었다. 길을 가
던 행인들이 그 호두를 따려고, 애 어른 가릴 것 없이 돌을 던졌다.
그러자 상처투성이가 된 호두나무가 스스로를 한탄했다.
"아! 이 무슨 비참한 꼴이란 말인가! 해마다 이 괴로움을 자초하
다니!"

뛰어난 재주 때문에 되레 괴로움을 겪는 경우가 있다.

288
벌과 독침

한번은 벌이 하늘의 제우스에게 많은 꿀을 갖다 바쳤다. 이를
진심으로 받아들인 제우스는 무엇이든 한 가지 소원을 들어주겠
노라고 말했다.

이에 벌은 늘 품어 오던 원한을 풀어 볼 기회라고 생각하고 이렇게 말했다.

"신이시여! 꿀을 훔쳐 가는 도둑을 지킬 수 있게끔 우리에게 독침을 내려 주십시오!"

제우스가 생각해 보니, 그 꿀 도둑이란 다름 아닌 사람을 지칭하는 것이었다. 그런데 그 사람이 누구인가? 자기가 창조한 것들 중에서 가장 완벽하고 귀여운 존재들이 아닌가.

제우스는 벌의 소원을 대뜸 들어줄 수가 없었다. 하지만 약속을 들어주기로 했기에 하는 수 없이 독침을 내주면서 한 가지 조건을 덧붙였다.

"독침을 주긴 하겠지만, 만약 네가 사람을 쏘면 그로 인해 너도 목숨을 잃게 될 것이니 부디 위협용으로만 사용하거라."

그래서 벌은 한 번 사람을 쏘면 그 자리에서 죽게 된 것이다.

 ■ ■ ■
이상을 실현하기 위해서는 그만큼의 대가를 치러야 하는 법이다.

289
헤르메스와 나무꾼

나무꾼이 강둑에 있는 나무를 자르다가 헛손질을 하여 그만 도끼를 물속에 빠뜨렸다. 마침 강물도 깊었고, 나무꾼은 도저히 도끼를 건져 낼 방법이 없었다.

그가 몹시 난처해하며 신세를 한탄하고 있을 때, 강물의 주인 헤르메스가 나무꾼 앞에 모습을 나타냈다. 그리고 나무꾼의 사연을 듣고는 곧장 물속으로 들어가 금도끼 한 자루를 들고 나타나 물었다.

"이 도끼가 네 도끼냐?"

나무꾼이 고개를 흔들며 대답했다.

"아닙니다. 그건 제 도끼가 아닙니다."

헤르메스가 다시 물속에 들어가 이번에는 은도끼를 들고 나왔다. 나무꾼은 다시 그것도 자기 것이 아니라고 했다. 헤르메스는 세 번째로 물속에 들어가 나무꾼이 잃어버린 쇠도끼를 가지고 나왔다. 나무꾼이 기뻐하며 소리쳤다.

"그게 바로 제 도끼입니다!"

그러자 헤르메스는 그의 정직함에 탄복하며 들고 있던 금도끼와 은도끼를 상으로 주었다.

나무꾼이 마을로 돌아가 친구들에게 그 일을 자랑하자, 그중 한 사내 역시 그런 행운을 차지하고 싶었다. 그래서 같은 장소로 달려가 나무 베는 시늉을 하다가 일부러 도끼를 빠뜨렸다. 그리고는 강둑에 앉아 과장된 울음소리를 냈다.

얼마 후, 전과 마찬가지로 헤르메스가 나타나 사연을 물은 뒤 물속에서 금도끼를 가지고 나타났다.

"이것이 네가 잃은 도끼냐?"

사내가 힘주어 대답했다.

"예, 그렇습니다!"

그러자 헤르메스는 사내의 뻔뻔함을 꾸짖고는 금도끼는커녕 쇠도끼도 돌려주지 않았다.

 ■■■ 진실만큼 아름다운 것도 없고, 오직 그것만이 모두에게 사랑받는다.

290
병신 여우의 간계

사냥꾼의 덫에 걸려 꼬리가 잘린 여우가 있었다. 여우는 자신의 짧고 흉측한 꼬리를 비관한 나머지 죽어 버리고 싶었다. 그런데 어느 순간 한 가지 아이디어가 떠올랐다. 다른 여우들의 꼬리가 자신과 같다면 문제될 것이 없지 않은가?

병신 여우는 여러 동료들을 모아 놓고 꼬리 자르기를 권유했다. 꼬리는 보기에도 흉측한 것이며, 몸을 움직이는 데도 불편하고 아무런 쓸모도 없는 부속물에 불과하다는 것이었다.

여우들이 들어 보니 과연 그 말도 일리가 있었다. 그런데 병신 여우의 말을 듣고 있던 한 여우가 이렇게 되받아치는 것이었다.

"네 말대로 꼬리는 정말 아무런 소용이 없을지도 몰라. 하지만 우리가 다 같이 꼬리를 자르면 너만 좋아지는 거 아니야?"

■■■
진심에서 우러나는 권고가 아닌 사리사욕을 위한 타인의 충동질은 경계해야 한다.

291
운 나쁜 사슴

부상을 입어 한쪽 눈을 쓰지 못하는 사슴 한 마리가 해안으로 풀을 뜯으러 나갔다.

사슴은 사냥꾼이 나타나지 않을까 해서 잘 보이는 눈은 육지 쪽으로, 다친 눈은 바다 쪽으로 돌렸다.

그런데 해안으로 다가오던 배 위의 사람들이 사슴을 발견하고 총을 쏘았다.

사슴이 쓰러져 죽어 가면서 생각했다.

"정말 운도 없지! 육지 쪽을 경계하고 있었는데, 바다 쪽에서 위기가 닥칠 줄이야……!"

■ ■ ■
때때로 세상일은 우리의 예측을 불허한다.
두려워하던 대상이 도움이 되기도 하고, 구원을 주리라 믿었던 대상이 우리를 파멸로 이끌기도 한다.

292
구두쇠

어떤 구두쇠가 자기 재산을 모두 금덩이로 바꾼 후, 커다란 항아리에 넣어 마당 한구석에 파묻었다. 그리고는 하루에 한 번씩 그곳을 바라보며 흐뭇해했다.

그러자 주인의 행동을 수상히 여긴 하인이 혹시 보물이 아닌가 하고 몰래 구덩이를 파 보았다가 엄청난 금덩이가 나오자 훔쳐 달아나 버렸다.

다음날 구덩이를 찾은 구두쇠는 항아리 속의 금덩이가 없어진 사실을 알고는 매우 고통스러워했다.

그때 사실을 알게 된 이웃 사람이 이런 말을 해 주는 것이었다.

"금덩이 생각은 그만하고, 적당한 돌을 하나 가져다가 항아리 속에 넣어 두시오. 그런 다음 그것을 금덩이라고 생각하고 날마다 한 번씩 들여다보는 거요. 어차피 쓸 생각도 없었으니, 금덩이 대신 돌이 들어 있다 한들 무슨 차이가 있겠소."

부의 진정한 가치는 그것을 소유하는 데에 있는 것이 아니라, 그것을 사용하는 데에 있다.

어차피 쓸 생각도 없었으니 그 덩어리 대신 돌이 들어 있다 한들 무슨 차이가 있겠소

293
허풍쟁이

5종 경기 선수가 있었다. 한동안 외국 여행을 떠났다가 돌아온 그는 자기가 여러 나라를 돌며 탁월한 기록을 세웠노라고 자랑했다. 사람들은 믿지 않았지만 그의 자기과시는 좀처럼 그치지 않았다. 특히 로도스 섬에서 세운 높이뛰기 기록은 올림픽의 기록을 능가하는 것이었다고 큰소리쳤다.

"당시의 내 기록을 똑똑히 지켜본 친구가 있지. 그 친구가 언제 그리스에 오면 꼭 만나게 해 주리다!"

그러자 이야기를 듣고 있던 한 구경꾼이 말했다.

"그게 사실이라면 목격자가 무슨 소용인가? 여기가 로도스 섬이라고 생각하고 한번 뛰어 보게나."

■ ■ ■
행동은 말의 한 형식이다. 행동으로 입증할 수 있다면 더 이상 변명할 필요가 없는 것이다.

294
여우와 딱정벌레

제우스가 한번은 여우의 밝은 지혜를 높이 사 그를 동물의 왕으로 만들어 준 적이 있었다.

얼마 후 제우스는 여우에게 한 가지 테스트를 해 보았다. 왕인 여우가 으리으리한 가마를 타고 출타하는 길에 딱정벌레 한 마리를 붕붕 날게 해 놓은 것이다.

"요놈의 벌레가⋯⋯!"

딱정벌레를 본 여우는 위신이나 체면도 다 잊어버렸다. 가마에서 폴짝 뛰어내리더니 딱정벌레를 잡으려고 이리저리 발버둥 치는 것이었다.

그 꼴을 본 제우스는 즉시 여우를 왕좌에서 내쫓았다.

아무리 큰 행운을 만나 팔자를 고치더라도 본래 자기의 모습은 버릴 수가 없다.

295
빚쟁이의 거짓말

아테네에 다른 사람의 돈을 빌려 쓰고 갚지 못한 사람이 있었다. 그는 빚을 갚으라는 성화를 견디다 못해 하나밖에 없는 암퇘지를 끌고 장터로 나갔다.

어느 손님이 돼지를 살펴보며 물었다.

"이 돼지, 새끼는 잘 낳소?"

"낳다마다요. 엄청 잘 낳습니다. 뮤스테리아의 축제일에 새끼 암놈을 낳고, 파나테나이어의 축제일엔 수놈을 낳고, 아주 주렁주렁입지요!"

손님이 고개를 갸우뚱했다.

"그게 정말이오?"

그러자 혹시 빚을 떼이지 않을까 하는 의구심에 따라왔던 빚쟁이가 옆에서 한마디를 거들었다.

"놀라지 마시오! 이놈은 새끼를 낳다, 낳다, 디오니소스의 축제일엔 새끼 염소까지도 낳았는뎁쇼!"

 ■■■
사람들은 자신의 이익을 위해서는 엉터리 거짓 증언도 서슴지 않는다.

308

296
그만두라

어떤 짓궂은 사내가 델포이의 신탁이 사기라고 주장하며, 자신이 그것을 증명해 보이겠노라고 큰소리쳤다. 이에 많은 사람들이 내기를 걸었고, 약속한 날이 되자 사내는 손아귀에 작은 제비 한 마리를 쥐고 신전으로 갔다.

이윽고 신탁과 마주한 사내가 물었다.

"제 손안에 든 것이 산 것입니까, 아니면 죽은 것입니까?"

만약 신이 '죽었다.'고 대답하면 그냥 산 제비를 보여 주고, '살았다.'고 대답하면 목 졸라 죽여 내놓으려는 것이 사내의 속셈이었다.

그러나 신은 한눈에 사내의 못된 속내를 꿰뚫고 있었다.

"네가 쥐고 있는 것이 산 것인지 죽은 것인지는 오직 네 마음에 달렸다. 그러니 그쯤 해 두어라!"

■ ■ ■
신의 권능을 의심하지 말라. 신이 사유하는 경계는 인간의 모든 상상을 초월한 곳에 존재한다.

297
덕 없는 안주인

집안의 하인들을 지독히 못살게 구는 안주인이 있었다. 이에 남편은 자기 부인의 버르장머리를 고쳐 보려고 이런저런 핑계를 만들어 그녀를 본가에 보냈다.

며칠 후 집에 돌아온 부인에게 남편이 물었다.

"그래, 당신을 대하는 하인들의 태도가 어땠소?"

부인이 대답했다.

"목동과 양치기들이 저를 볼 때마다 얼굴을 찌푸리더군요."

남편이 말했다.

"아침에 가축을 몰고 나가 해질녘에 돌아오는 하인들 태도가 그러니, 집 안에서 온종일 마주하는 사람들이야 말해 무엇하겠소!"

겉으로 보이는 것이 안에 숨은 것을 웅변한다.

298
최고의 선물

제우스가 처음에 세상의 동물들을 창조해 놓고는 어떤 짐승에게는 억센 힘을, 어떤 짐승에게는 날렵한 다리와 날개를 주었으면서도 사람은 벌거숭이인 채로 그냥 내버려두었다.

사람이 불평했다.

"어째서 나한테만은 아무것도 주지 않는 것입니까?"

제우스가 일깨워 주었다.

"넌 어째서 제일 좋은 선물을 받고도 몰라보는 것이냐?"

"?"

"사고하는 지혜와 사랑하는 마음은 신들에게 있어서도 최고의 보물임을 알라."

■ ■ ■
최고의 선물을 한사코 뿌리치며 짐승처럼 완력을 탐하는 자들이 있다.

299
제비

감탕나무가 싹틀 무렵, 제비가 모든 새들을 불러 놓고 주장했다.

"여러분, 끈끈이 풀을 만드는 감탕나무가 싹이 텄습니다. 나중에 당하기 전에 저 감탕나무의 싹을 잘라 버립시다."

그러나 새들은 모두 부정적이었다.

"그 싹에 가까이 다가간다는 건 위험해. 자칫하다간 끈끈이에 달라붙을지도 몰라."

제비가 재차 목청을 돋우었다.

"그것도 못하겠다면 사람한테 찾아가 끈끈이를 이용해 우리를 잡지 말아 달라고 부탁해 봅시다!"

그러나 새들은 이번에도 끄떡도 하지 않았다.

"차라리 날 잡아잡수쇼 하지 그래!"

제비는 빤히 보이는 위험을 그대로 방치할 수 없다고 생각했다. 그래서 자기 혼자 직접 사람을 찾아가서 말했다.

"감탕나무 끈끈이로 새를 잡지 말아 달라고 부탁드리러 왔습니다."

그러자 사람은 환영하며 말했다.

"제비야, 너 정말 똑똑하고 용기 있구나!"

그후 사람들은 끈끈이 풀로 다른 새들은 모두 잡았지만, 제비만은 잡지도 먹지도 않았다. 뿐만 아니라 그 일로 사람과 친해진 제비는 사람의 집 처마에 집까지 짓고 살게 되었다.

위험을 극복하려는 의지가 오히려 전화위복이 되기도 한다.

300
아라비아 사람들

짓궂은 헤르메스가 수레에 거짓과 사기詐欺 등의 짐을 가득 싣고 세상을 돌아다니고 있었다.

그런데 아라비아에 도착했을 때, 너무 오랫동안 구른 탓으로 수레바퀴가 고장났다. 마차를 세운 헤르메스가 바퀴를 수리하고 있을 때, 빙 둘러서서 구경하던 사람들이 수레에 실려 있던 짐이 무슨 대단한 물건인 줄 알고 앞 다투어 훔쳐 달아났다. 그래서 아라비아 사람들은 지금도 허튼소리를 잘한다고 한다.

현명한 사람은 긴 귀와 짧은 혀를 가지고 있다.

301
개와 가죽

굶주린 개들이 냇물 바닥에 가라앉아 있는 생가죽을 발견했다. 피혁공들이 가공하고 남은 것들을 버리고 간 것이었다.

개들은 그것을 꺼내 먹을 방법이 없을까 골몰하다가, 냇물을 몽땅 마셔 버리면 될 것이라고 생각하고 정신없이 그 물을 마셔 대기 시작했다.

그러나 개들은 가죽을 만져 보기도 전에 모두 배가 터져 죽고 말았다.

■■■
엉터리 수단으로 욕심을 채우려 하다간 낭패를 보기 십상이다.

302
가혹한 심판

수많은 사람들을 가득 태운 배 한 척이 바다 한가운데서 침몰하여 가라앉았다. 멀리서 그 광경을 지켜본 한 사내가 중얼거렸다.

"신은 참 잔인하구나! 마음에 들지 않는 한 사람을 죽이려고 저렇게 많은 사람들의 목숨을 빼앗다니!"

마침 사내가 서 있던 자리에는 개미 떼가 들끓고 있었다.

그 많은 개미들 중에 한 마리가 남자의 발목을 물었다. 그러자 화가 난 사내는 자기를 문 개미를 잡으려고 그 수많은 개미 떼를 짓밟아 버렸다.

바로 그때 헤르메스가 나타나 말했다.

"네가 개미들을 심판하듯이 나도 너희들을 심판한다. 알겠느냐?"

 ▪ ▪ ▪ 신성을 모독하지 말고, 불행이 닥칠 때마다 자신의 행실을 반성할 일이다.

303
원숭이 노예의 무덤

원숭이와 여우가 함께 여행을 하면서 자기네 신분에 대해 지루한 말씨름을 벌였다. 서로 자기 조상이 더 잘났다는 것이었다. 둘이서 동그란 무덤 몇 개가 있는 야산에 도착했을 때였다. 원숭이가 갑자기 무덤 쪽을 응시하면서 알 수 없는 몇 마디를 중얼거렸다.

"어디가 안 좋은가?"

여우가 안색을 살피며 묻자 원숭이가 근엄한 표정으로 말했다.

"저것은 우리 조상들이 부렸던 노예들의 무덤일세. 우리 조상들로부터 자유를 얻었던 노예들의 무덤을 보고 짧게나마 애도를 표하는 것도 좋지 않겠는가?"

이에 여우가 한마디 던졌다.

"맘껏 허풍을 떨어 보라고! 그래 봐야 저들 중 누구 하나 반박하려고 벌떡 일어나지는 않을 테니까……."

■ ■ ■
허풍쟁이는 정말 끝이 없다. 자신의 거짓이 들통나기 전까지는 계속해서 빈 깡통을 울려 댈 것이기 때문이다.

304
까마귀의 기다림

배고픈 까마귀가 무화과나무에 내려앉았다. 그러나 무화과 열매는 아직 덜 익은 상태였다. 까마귀는 그것이 먹음직스럽게 익을 때까지 기다리기로 했다.

때마침 나무 밑을 지나가던 여우가 꼼짝 않고 앉아 있는 까마귀를 보고 물었다.

"어째서 그렇게 죽은 듯이 앉아 있는 거지?"

까마귀가 대답했다.

"열매가 덜 익어서 익을 때까지 기다리고 있는 중이야."

그 말을 들은 여우가 어처구니없다는 표정으로 말했다.

"너, 머리가 어떻게 됐구나! 희망에 매달리다니!"

"?"

"희망이라는 것은 우리에게 위로는 주지만, 먹여 주지는 못한다는 걸 알아야지!"

 ▪▪▪ 먼 미래만 바라보며, 현실에서는 손 하나 까딱하지 않는 미련한 행동!

305
여우와 수탉

하루는 여우가 수탉을 찾아와서 말했다.

"너, 안 보는 사이에 무척 성숙해졌구나. 나한테 네 멋진 목소리 한번 들려주지 않을래?"

그 말에 수탉이 두 눈을 감고 길게 한 곡절 뽑았다. 그러자 여우는 그 틈을 노려 재빨리 수탉을 낚아챘다.

마을 사람들이 수탉을 물고 달아나는 여우를 보고 소리쳤다.

"도둑놈 잡아라!"

날개를 물린 수탉이 여우에게 말했다.

"여우님, 이럴 때 사람들한테 한마디 하시죠. '내 닭을 내가 물어 가는데, 무슨 상관이냐.' 고 면박 한번 주세요!"

여우가 듣기에도 그럴싸했다. 그래서 마을 사람들을 향해 소리쳤다.

"내 닭을 내가 물어 가는데 무슨 상관들이야!"

순간 수탉이 재빨리 여우의 입에서 빠져나와 나무 위로 날아올랐다. 그리고는 여우를 향해 소리쳤다.

"이 나쁜 놈아! 내가 어째서 네 닭이냐? 우리 주인은 저기 몽둥이를 들고 너를 잡으려고 쫓아오고 있다!"

 ▪ ▪ ▪
남의 물건을 탐하는 자일수록 뻔뻔한 생각을 잘한다.

318

306
가난뱅이의 기도

시골의 한 가난뱅이가 죽을병에 걸렸다. 의사들마다 치료를 포기해 버리자 그는 신께 매달리며 기도하기 시작했다.

"부디 저의 병을 깨끗이 낫게 해 주십시오. 그러면 날마다 신께 기도드릴 것이며, 온갖 제물도 아끼지 않고 바치겠나이다!"

그러자 곁에서 듣고 있던 그의 아내가 물었다.

"당신, 도대체 무슨 돈으로 그 비용을 다 대겠다는 거예요?"

이에 가난뱅이가 짧게 되받았다.

"무슨 상관이야! 설마 내가 낫는다고 신들이 청구서를 보내겠어?"

■■■
마음에도 없는 약속을 하는데, 신들이 기도를 들어줄까?

307
낙타와 코끼리

어느 날, 동물들이 왕을 뽑기로 했다.

여러 동물들 가운데 낙타와 코끼리가 몸집이 크고 힘이 세서 강력한 후보자가 되었다.

그때 원숭이가 앞으로 나서며 낙타와 코끼리는 왕이 될 자격이 없다고 비판했다.

동물들이 그 까닭을 묻자 원숭이가 말했다.

"낙타는 나쁜 짓을 하는 다른 동물을 봐도 화낼 줄을 모르고, 코끼리는 자기가 무서워하는 멧돼지가 덮치지 않을까 항상 겁먹고 있기 때문이야."

■■■
지도자가 될 사람은 너무 인자해서도, 또 너무 소심해서도 안 된다.

308
겁쟁이

겁 많기로 소문난 어떤 사람이 전쟁터에 불려 나갔다.
그가 다른 병사들과 함께 행군을 하고 있는데, 갑자기 어디선가 까마귀 울음소리가 들려왔다. 사내는 무기를 떨어뜨린 채 그 자리에서 옴짝달싹도 하지 못했다.
이윽고 까마귀 울음소리가 멎었고, 겁쟁이는 다시 무기를 주워 들고 행군을 시작했다. 그러나 얼마 못 가서 또다시 까마귀가 울부짖는 것이었다.
겁쟁이가 그 자리에 딱 멈추어 서더니 혼잣말로 중얼거렸다.
"까마귀야, 시끄럽게 울어도 좋으니, 제발 날 잡아먹지는 말아다오!"

 ■■■ 매사를 지나치게 염려하는 소심한 사람은 아무것도 이룰 수가 없다.

309
늑대와 양

농장에 숨어들어 갔다가 사냥개한테 물어뜯겨 몸이 엉망이 된 늑대가 꼼짝도 못하고 있었다.

마침 곁을 지나가던 양 한 마리가 있었다. 늑대는 양에게 물을 좀 떠다 줄 수 없겠느냐고 물었다.

"만약 네가 물을 떠다 준다면, 난 널 위해 고기를 가져다주겠다."

그러자 양은 이렇게 되받는 것이었다.

"물론 난 당신의 말을 추호도 의심치 않아요. 왜냐하면 내가 당신한테 물을 줄 수 있을 정도로 가까이 가면, 당신은 곧장 나를 잘게 썬 고기로 만들어 버릴 테니까요."

■ ■ ■
모든 힘의 역사에 의하면, 음모는 항상 소수 권력자들에 의해 계획된 것이다.

310
신들의 복수

어느 날 두 사람이 자신이 믿는 신들을 두고 언쟁을 벌였다. 한 사람은 테세우스가 훌륭하다고 주장했고, 다른 사람은 헤라클레스가 더 위대하다고 말했다.

두 사람이 치열하게 공방을 벌이는 모습을, 하늘에서 두 신이 지켜보았다. 그러다가 화를 참지 못한 나머지, 각자 반대편 인간에게 복수를 퍼부었다.

누구도 두 주인을 섬길 수는 없다.
한 편은 사랑하고 다른 편은 미워하며, 한 편은 존중하고 다른 편은 무시해 버린다.

311
뱀의 선물

제우스의 생일잔칫날, 많은 동물들이 찾아와서 저마다 분수에 맞게 준비한 선물을 내놓았다.

그때 뱀이 장미꽃 한 송이를 입에 물고 나타났다.

"제우스 신께 향긋한 장미꽃 한 송이를 바칩니다."

그러나 제우스는 이맛살을 찌푸리며 이렇게 말하는 것이었다.

"다른 동물들 것은 다 받겠지만, 네 녀석이 입으로 주는 선물만큼
은 절대 받지 못하겠다!"

 악인이 베푸는 친절에는 반드시 위험이 도사리고 있다.

312
여우와 표범

여우와 표범이 서로 자기가 아름답다고 우겼다.

그런데 표범은 처음부터 끝까지 자신의 털빛이 아름답고 다채롭
다는 말만 지겹도록 늘어놓았다.

듣다 못한 여우가 한마디 던졌다.

"그래서 내가 너보다 아름답다는 거야. 나는 털빛뿐만 아니라 마
음까지 다채롭거든."

 아름다운 얼굴이 추천장이라면, 아름다운 마음은 신용장이다.

313
헤라클레스와 플루토스

헤라클레스가 지상에서 떨친 용맹함으로 제우스의 잔치에 초대되어 여러 신들과 인사를 나누게 되었다. 그러다가 부富의 신 플루토스와 마주치자 얼른 그를 외면해 버리는 것이었다.

제우스가 물었다.

"다른 신들과는 인사를 나누면서 어째서 플루토스한테는 쌀쌀맞게 구는가?"

"나름대로 까닭이 있어서입니다."

헤라클레스가 말했다.

"지상에서 몇 번 그를 보았는데, 그때마다 좋지 않은 부류의 인간들하고만 상종하고 있더군요."

 ■■■
부자치고 인격이 갖추어진 사람은 찾아보기 힘들다.

314
살인자

어떤 살인자가 범죄를 눈치 챈 사람들을 피해 도망치고 있었다. 그런데 나일강가에 도착했을 때, 불쑥 늑대와 마주치고 말았다. 겁에 질린 그는 근처 나무에 기어올라 가 위기를 모면했다.

그러나 그 나무에는 커다란 이무기가 숨어 있었다. 살인자는 꿈틀거리며 다가오는 이무기를 피해 강물로 뛰어들었다. 그러나 그 강물에는 커다란 악어가 버티고 있었고, 악어는 입을 벌려 단숨에 그를 먹어 치웠다.

 ▪▪▪
죄인은 그 죄로부터 영원히 자유로울 수 없다. 하늘, 땅, 바다 어디에도 숨을 곳이 없다.

315
여우와 나무꾼

여우가 총을 든 사냥꾼에게 쫓기고 있었다. 한참을 달아나던 여우가 나무꾼을 발견하고는 숨겨 달라고 애원했다. 그러자 나무꾼은 자신의 오두막에 들어가 있으라고 했다.

얼마 후 사냥꾼이 나타나서 나무꾼에게 여우를 못 보았느냐고 물었다. 나무꾼은 "아니오."라고 대답하면서도, 손가락으로는 여우가 숨어 있는 자신의 오두막을 가리켰다.

하지만 사냥꾼은 나무꾼의 암시를 눈치 채지 못한 채 서둘러 다른 곳으로 가 버렸다.

이윽고 사냥꾼이 사라진 것을 안 여우가 밖으로 나와서는 고맙다는 인사도 없이 황급히 달아났다.

"저런, 은혜도 모르는……!"

나무꾼이 꾸짖자 여우가 힐끗 한 번 뒤돌아보며 외쳤다.

"당신의 인품과 행동이 말과 일치했더라면, 나는 충분히 당신에게 감사했을 것이오!"

■ ■ ■
겉으로는 선행을 베푸는 척하다가도 뒤돌아서 부끄러운 짓을 벌이는 사람이 많다.

316
토끼와 여우

어느 날 토끼와 여우가 길에서 마주쳤다.

토끼가 여우에게 인사를 건네며 물었다.

"여우님은 상당한 꾀보라고 하던데 그게 사실인가요?"

여우가 싱긋 웃으며 대답했다.

"그게 사실인지 아닌지 확인하고 싶으면 날 따라와 봐. 내가 어떤 방법으로 맛있는 식사거리를 장만하는지 가르쳐 줄 테니까."

토끼는 혹시 자기도 그 맛있는 음식을 한 조각 얻어먹지 않을까 하고 군침을 삼키며 여우를 따라 굴속으로 들어갔다. 그러나 거기에는 아무것도 없었다.

토끼가 말했다.

"아니, 아무것도 없잖아요?"

그러자 여우가 이빨을 드러내며 기분 좋게 웃었다.

"후후! 이 어리석은 놈아, 맛있는 음식은 바로 너란 말이다!"

 ■ ■ ■
도가 지나친 호기심은 위기를 불러온다.

317
떡갈나무와 갈대

키가 큰 떡갈나무는 바람이 아무리 불어도 결코 머리를 숙이려 하지 않았다. 하지만 그 나무 밑에 서 있는 갈대는 바람이 불어올 때마다 이리저리 머리를 흔들며 몸을 숙이는 것이었다.

떡갈나무가 갈대더러 말했다.

"넌 왜 나처럼 가만히 있지를 못하니?"

갈대가 대답했다.

"나에겐 당신과 같은 그런 힘이 없어요."

그러자 떡갈나무가 자랑스럽게 말했다.

"힘이라면 당연히 내가 최고지!"

며칠 후 여태껏 겪어 보지 못한 엄청난 태풍이 불어 닥쳤고, 덩치 큰 떡갈나무는 뿌리째 뽑혀 드러눕고 말았다. 하지만 갈대는 여전히 그 자리에 선 채로 몸을 숙이고 있었다.

■■■
모든 미덕의 근본은 순종과 겸손이다.
거만한 자는 수모를 당하고, 겸손한 자는 슬기롭게 위기를 모면한다.

318
주인을 사랑한 소녀

어느 집 주인이 자기 집 노예 소녀를 사랑하게 되었는데, 하필이면 못난 얼굴에 성질도 못된 여자였다. 그녀는 주인이 자기 아내 몰래 찔러준 돈으로 화장을 하고 장신구를 사서 몸을 치장했다. 감히 주인마님과 견주려고 한 것이었다.

한편, 그녀는 미美의 여신 아프로디테에게 제물을 바치며 자기를 예쁘게 만들어 달라고 빌었다.

하지만 아프로디테는 그녀의 꿈속에 나타나 이렇게 말했다.

"네게서 제물을 받았다만, 난 널 예쁘게 만들어 줄 생각이 없구나. 안 그래도 네 주인이 널 귀엽게 여기는 것이 영 못마땅했던 참이거든."

■ ■ ■
눈먼 과욕이 그나마 손에 쥔 것마저도 녹여 버린다.

319
위험한 모방

원숭이 한 마리가 높다란 나뭇가지에 앉아, 강가에서 그물을
던지는 어부들을 구경했다.

얼마 후 그들이 점심 식사를 위해 그물을 놓고 사라지자, 원숭이
는 나무에서 내려가 그들을 흉내 내기 시작했다.

하지만 원숭이는 얼마 못 가서 큰 난관에 봉착했다. 손에 그물이
엉키는 바람에 물에 빠져 죽게 된 것이었다.

원숭이가 후회하며 말했다.

"난 지금 다룰 줄도 모르는 그물로 고기를 잡으려고 한 것에 대한
당연한 대가를 치르고 있는 거야……!"

 인간은 남의 경험을 이용하는 특수한 능력을 지녔다. 직접적인 경험 못지않게 타인
의 경험을 통해서 지혜를 구해야 한다.

난 지금 어떻게
다루는지
도 모르
면서

고기를 잡으려
고 한것 에대
한 당연한 대가
를 치르고있는
거야

320
어진 사자의 나라

몸집이 크고 힘이 장사인 사자가 동물 나라의 왕이 되었다. 그런데 이 사자는 웬만해서는 성질도 잘 부리지 않았고, 사납지도 않았으며, 억지를 쓰는 일도 없이 현명하게 굴었다. 또 사자 왕은 늑대는 양에게, 표범은 염소에게, 호랑이는 코끼리에게 각각 손해를 끼친 부분을 갚으라고 지시했다.

이에 원숭이가 의미심장하게 고개를 끄덕이며 중얼거렸다.

"이런 날이 오기를 얼마나 기다렸던가! 약한 짐승이 사나운 짐승에게 무섭게 보이는 날이 오고야 말았구나!"

 ■■■ 정의가 제대로 구현되어야 힘없는 사람도 안심하고 살 수가 있다.

321
사자와 돌고래

육지의 왕 사자와 바다의 돌고래가 친구가 되어 서로 돕기로 약속했다.

얼마 후 사자가 돌고래에게 원조를 청했다.

"내가 요즘 들소와 싸우고 있는데, 물 밖으로 나와 내 편이 되어 주게."

친구의 요청을 받은 돌고래가 뭍으로 기어오르려고 했지만, 몇 번의 시도 끝에 그것이 불가능하다는 것을 깨달았다.

사자가 배신자라며 돌고래를 욕했고, 돌고래는 이렇게 대꾸했다.

"나를 욕해도 소용없어. 나는 물에서 살기 때문에 땅에는 올라갈 수조차 없는걸!"

자기와 같은 부류의 친구를 사귀어야 서로에게 도움이 된다.

322
사자와 황소

사자가 황소를 자기 굴로 끌어들여 잡아먹을 묘안을 짜낸 후, 황소를 찾아갔다.

"제물로 양을 바치고 제사를 지낼 생각인데, 같이 음식이나 먹으러 가지 않겠나?"

귀가 솔깃해진 황소가 사자의 뒤를 따랐다.

사자의 굴에는 여러 개의 그릇들이 놓여 있었는데, 양을 잡기에는 너무 큰 것들뿐이었다. 낌새를 눈치 챈 황소가 슬금슬금 뒷걸음질 치기 시작했다.

사자가 따라 나오며 소리쳤다.

"아니, 초대를 받았으면 앉아서 대접을 받을 것이지, 무슨 까닭으로 그렇게 내빼는 건가?"

황소가 뒤를 돌아다보며 대꾸했다.

"그릇들을 보아하니, 틀림없이 소를 잡아 둘 그릇처럼 보였네. 자네가 잡는다던 제물은 양이 아닌 바로 나일 테고!"

 ■■■
흔히 탈출이 불가능하다고 말하지만, 잘 생각해 보면 아주 늦어 버린 것은 아니다.

323
여우가 사자를 만났을 때

태어나서 한 번도 사자를 보지 못한 여우가 있었다. 그런데 이 여우가 어느 날, 말로만 듣던 사자와 일대일로 마주쳤다.

여우는 겁을 너무 집어먹은 나머지 그만 숨이 멎을 것 같았다. 그러나 간신히 발걸음을 떼었고, 겨우 위기를 모면할 수 있었다.

여우는 얼마 후 또다시 사자와 조우했다. 이번에도 겁은 났지만 지난번처럼 벌벌 떨 정도는 아니었다.

여우는 세 번째로 사자와 마주치자 용기를 냈다. 그리고 천천히 그 사자에게 다가가 처음으로 말을 걸기 시작했다.

 ■■■
새로운 것에 대한 두려움을 극복해 내지 못하는 사람은 인생의 교훈을 얻을 수 없다.

324
살인자와 뽕나무

살인자가 사람들을 피해 달아나고 있었다.

앞쪽에서 걸어오던 행인 몇 명이 살인자의 손에 묻은 피를 보고 물었다.

"손이 왜 그렇소?"

살인자가 둘러댔다.

"뽕나무 오디를 따 먹었더니 이렇게 되었소."

하지만 바로 그때 뒤쫓아 오던 사람들이 소리쳤다.

"살인자 잡아라!"

사람들은 그를 붙잡아 뽕나무 밑으로 끌고 가서 목을 매달았다.

그러자 뽕나무가 살인자에게 말했다.

"당신이 나를 공범자로 꾸며 댔으니, 당연한 결과일세!"

 ■■■ 착한 사람도 자신에 대한 모략에는 냉소적이게 마련이다.

325
늑대의 그림자

들판을 헤매며 먹잇감을 찾던 늑대가 석양에 길게 비친 자기 그림자를 보고 흡족해했다.

"괜히 사자를 무서워했구나. 그림자를 보니 세상에 나처럼 큰 짐승도 없겠는걸!"

늑대는 그 즉시 사자를 찾아가서는, 거드름을 피우며 그 앞을 왔다갔다했다.

늑대의 그런 꼬락서니에 사자는 기가 막혔다.

"이놈이 돌았나?"

마침 출출했던 사자는 '잘됐다.' 하고 달려들어 단숨에 늑대를 쓰러뜨렸다.

늑대는 그제야 정신이 번쩍 들었지만 이미 늦어 버린 뒤였다.

"자만심이 날 망쳤구나!"

■■■
자신에 대한 과대평가가 파멸을 부른다.

326
춤 잘 추는 원숭이

숲속의 동물들이 춤 경연대회를 벌였는데, 원숭이가 우승을 차지했다. 춤 솜씨가 형편없어 예선에조차 들지 못했던 여우는 원숭이가 그렇게 부러울 수가 없었다.

며칠 뒤 여우는 숲에서 고기 한 덩어리가 달려 있는 덫을 발견하였다. 그리고는 엄청난 보물을 찾았다면서 원숭이를 그곳으로 꾀어냈다.

그러자 아둔한 원숭이는 여우가 시키는 대로 고기를 건드렸다가 덫에 걸렸다. 원숭이는 그제야 함정에 빠진 사실을 깨닫고 여우를 원망했지만 이미 늦어 버린 뒤였다.

여우가 원숭이를 조롱했다.

"춤 하나 잘 춘다고 뻐긴다만, 네 녀석이 얼마나 얼간이인지 한번 봐라!"

 ■■■
삶의 곳곳에 덫이 도사리고 있다. 매사에 신중함이 필요하다.

327
늑대와 사자

농장에 숨어들어 가 양 한 마리를 훔쳐 달아나던 늑대가 도중에 사자를 만났다.

사자가 으르렁거리며 말했다.

"너 잘 만났다. 그 양을 내려놓든지, 아니면 네 목숨을 내놓아라."

늑대는 하는 수 없이 양을 내주고, 비실비실 뒷걸음치면서 욕설을 퍼부었다.

"강도, 도둑놈!"

이에 사자가 빈정거리며 말했다.

"이놈아, 넌 그런 말할 자격이 없어. 너 역시 훔친 것이 아니냐!"

■ ■ ■
허물이 있는 자는 떳떳할 수가 없다.

328
부당한 법

힘세고 날랜 한 늑대가 늑대 왕국의 새로운 왕으로 선출되었다. 왕이 된 늑대는 사냥한 먹이들을 모두 한자리에 모아, 허탕을 쳐서 굶는 늑대가 없게끔 똑같이 나눠 먹는 법을 제정했다. 하지만 정작 자기가 사냥해 온 먹잇감은 내놓지 않았다.

우연히 이 사실을 알게 된 당나귀가 다른 늑대들에게 말했다.

"훌륭한 법을 제정하면 뭘 하나? 자기부터가 그 법을 지키지 않는데!"

그러자 늑대들이 덩달아 맞장구를 쳤다.

"맞아, 저는 감춰 놓고 혼자 먹으면서 우리더러 나눠 먹으라는 건 말이 안 돼!"

얼마 후, 늑대들의 항의에 입장이 곤란해진 늑대 왕은 곧 그 법을 없애 버렸다.

 ■■■
법을 수정하고 제정하는 자들은 대개 그 법의 저촉을 받지 않는 위치에 있다.

찔레 덤불

한 여우가 높다란 울타리를 기어오르려다 옆에 있는 찔레 덤불을 움켜잡았다.

그런데 찔레 덤불 속에는 커다란 가시가 숨어 있었다. 여우는 가시에 찔린 자리를 핥으며 괴로워했다.

"나는 도움을 받고자 너를 잡았거늘, 넌 나를 더욱 괴롭히는구나!"

"하지만 내 잘못이 아니야!"

찔레 덤불이 말했다.

"네가 나를 붙잡은 게 커다란 실수지. 왜냐하면 나는 모든 것을 붙잡고 늘어지는 버릇이 있거든."

■ ■ ■
나를 기준으로 볼 때 타인은 항상 두 부류다. 도움이 되는 사람과 해악을 끼치는 사람.

330
여우의 장난

여우 한 마리가 슬그머니 양 떼 사이로 숨어들었다. 그리고는 어미 양의 젖꼭지를 물고 있던 새끼 한 마리를 낚아채서는 안고 쓰다듬는 시늉을 했다.

그 모습을 발견한 양치기 개가 따져 물었다.

"너 거기서 무슨 짓을 하는 거야?"

여우가 천연덕스럽게 대꾸했다.

"어, 그냥 심심해서 장난 좀 치는 거야."

그러자 개가 이빨을 드러내 보이며 말했다.

"당장 그만두도록 해. 안 그러면 개가 쓰다듬는 맛을 보여 줄 테니까!"

■ ■ ■
교활한 인간은 다른 사람도 자기처럼 교활하다고 생각한다. 그래서 결코 속는 법이 없지만 남을 속이기도 힘들다.

331
악어의 자랑

여우와 악어가 자신들의 조상이 더 훌륭하다고 서로 자랑을 늘어놓았다.

몸을 한껏 늘어뜨리며 위엄을 보인 악어가 자기 조상들은 대대로 훌륭한 운동선수였다고 자랑했다.

그 소리를 듣고 난 여우가 비꼬았다.

"굳이 자랑하지 않아도 척 보면 알겠는 걸 뭐."

"그렇지?"

"네 피부만 봐도 그래. 긴 세월 동안 운동만 해서 온몸이 그렇게 갈라 터진 거 아냐?"

"……!"

■ ■ ■
행동도 말의 일종이다.
거짓말쟁이들은 그 행실로 인해 들통나게 마련이다.

332
우물에 들어간 염소

반쯤 말라 버린 우물물을 마시려던 여우가 발을 헛디디는 바람에 우물 속에 빠져 버렸다. 여우는 갖은 수를 다 써 봤지만 결국 우물을 벗어나지 못했다.

얼마 후 그 우물가에 염소 한 마리가 나타났다. 염소가 우물 안에 있는 여우에게 물었다.

"물맛이 어떤가?"

꾀 많은 여우가 이때를 놓칠 리 없었다. 여우는 온갖 감언이설을 늘어놓으며 물맛이 기가 막히다는 표정을 지었다.

"그러니 어서 자네도 이리 내려와 마셔 보게나!"

여우의 말에 갈증에 시달리던 염소는 즉시 우물 속으로 들어갔다. 그리고 실컷 물을 마시고 나자, 이제는 다시 우물을 벗어날 일이 걱정이었다. 염소의 표정을 살피며 여우가 말했다.

"나한테 좋은 생각이 있어!"

"그래? 그게 뭔데?"

"아주 단순한 일이야. 자네가 앞발을 벽에다 대고 뿔을 똑바로 버티기만 하면 돼. 그러면 날랜 내가 먼저 위로 나가서 자넬 끌어 올리는 거야."

염소가 여우의 제안을 받아들였고, 여우는 염소의 엉덩이와 어

"물 맛이 어떤가?"
"자네도 이리 내려
와 마셔 보게나!"

깨, 뿔을 딛고 재빨리 우물 밖으로 올라섰다. 그리고 우물을 벗어
나자 염소를 내버려두고 달아날 채비를 했다.

염소는 여우가 약속을 어긴 것에 화를 냈다. 그러자 여우는 이렇
게 말하는 것이었다.

"자넨 머리에 든 생각보다 턱수염 털을 더 많이 가지고 있군 그래.
안 그랬다면 올라올 방법도 생각해 보지 않고 덥석 내려가지는 않
았을 테니까!"

 지각 있는 사람은 어떤 일에 착수함에 있어서, 수없이 장고를 거듭하고 확신이 섰
을 때에야 비로소 일을 시작한다.

333
섬 쇠똥구리

섬 한가운데에 있는 목장에서 쇠똥을 먹고사는 쇠똥구리 두 마
리가 있었다.

겨울이 다가오자 그들 중 한 마리가 말했다.

"여보게, 저 넉넉지 못한 쇠똥만 바라보고 있다간 겨우내 우리 둘
다 굶어 죽고 말 거야. 그러니 나 혼자라도 육지로 가서 겨울을 넘

기고 오겠네."

"자네가 없으면 무척 심심할 텐데……."

"그래도 참아야지. 봄에 다시 돌아올 텐데 뭐. 내 돌아올 때 자네한테 줄 선물도 잔뜩 챙겨 오지!"

그렇게 뭍으로 날아간 쇠똥구리는 배불리 먹으며 겨울을 났다. 그리고 따스한 봄이 오자 다시 고향 섬으로 돌아왔다.

섬에 남아 있던 쇠똥구리가 살이 찌고 얼굴에 기름기가 번지르르한 쇠똥구리를 보고 따졌다.

"살이 피둥피둥해져서 돌아오면서 어째서 빈손인가?"

그러자 돌아온 쇠똥구리는 이렇게 변명했다.

"거긴 먹고살기에는 좋지만, 땅이 질척거려서 도무지 선물을 가져올 수가 없었네."

 ■■■
아무리 부유해져도 친구에게 줄 만큼 부유할 수는 없는 것이 인간이다.

334
가시덤불

어느 날 숲속의 나무들이 자신들을 다스릴 왕을 선출하기로 했다. 여러 의견을 들어 보니 올리브나무가 적격일 것 같았다. 그래서 올리브나무를 찾아갔다.

그러나 올리브나무는 극구 사양하며 이렇게 말했다.

"난 자격이 없소이다. 내가 할 줄 아는 건 사람들이 좋아하는 기름을 만드는 것뿐인데, 어떻게 여러분들을 다스릴 수 있겠습니까?"

허탕을 친 나무들이 이번에는 무화과나무에게 졸랐다. 그러나 무화과나무 역시 마찬가지였다.

"난 단맛 나는 열매밖에 만들 줄 모릅니다. 제발 내버려두십시오."

나무들은 돌아오는 길에 가시덤불을 만났다. 그래서 슬쩍 한번 운을 떼 보았더니, 뜻밖에도 가시덤불은 즉시 수락하는 것이었다.

"좋소, 내가 왕이 되리다. 그 대신 당신들은 내 머리에 왕관을 씌우고, 내 명령에 절대복종할 것을 맹세하시오!"

평소 나무들로부터 업신여김을 받아 온 가시덤불이 지금까지의 설움을 갚아 보려는 속셈이었다.

 ■ ■ ■
피해의식을 가진 자에게 칼자루를 쥐어 줘서는 안 된다.

돼지의 궁전 구경

여행에서 돌아온 동물들이 모여서 여행담을 늘어놓았다. 그들은 뭐니뭐니 해도 볼 만했던 것은 역시 임금님이 사는 궁전이라고 입을 모았다.

그러자 옆에서 듣고 있던 돼지가 결심했다.

"그렇다면 나도 임금님이 사는 궁전을 한번 구경해 봐야겠다!"

그리하여 곧장 길을 떠난 돼지는 얼마 후 임금님이 사는 궁전 앞에 이르렀다.

하지만 궁전 정문에는 무시무시한 창칼을 든 파수병들이 지키고 있어서 들어갈 엄두도 내지 못했다. 그래서 할 수 없이 하수도 구멍을 찾아 궁 안으로 들어갔다.

결국 궁전 안의 하수도만 한바퀴 돌아보고 나온 돼지는 고향으로 돌아와서 말했다.

"궁전이라고 해야 볼 게 아무것도 없더라. 온통 퀴퀴한 냄새와 구정물뿐이던걸!"

■ ■ ■
보는 만큼 아는 것이다.

336
여우와 너구리와 원숭이

여우와 너구리와 원숭이가 나란히 여행을 떠났다. 무더운 날씨에 그들은 무척 목이 말랐다. 때마침 길가에 떨어져 있던 술병 하나를 발견했는데, 셋은 서로 자기가 먼저 마시겠다고 다투었다.

이에 원숭이가 잠시 분위기를 진정시키며 말했다.

"이 병에는 술이 조금밖에 없어. 셋이서 나눠 마셔야 간에 기별도 안 간다고. 그러니 우리 셋 중에서 술이 제일 약한 자가 마시기로 하자."

그럴듯한 제안에 그들은 각자 자기 주량을 줄여서 말하기 시작했다. 맨 먼저 너구리가 말했다.

"난 한 잔만 마셔도 취해."

두 번째로 여우가 입을 열었다.

"난 술 냄새만 맡아도 취한다고."

원숭이가 마지막으로 입을 열었다.

"난 술 냄새는커녕 보리밭 근처에만 가도 취해서 곯아떨어진다고. 어때? 내가 술에 제일 약하지 않나?"

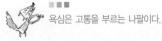
■■■
욕심은 고통을 부르는 나팔이다.

337
과부와 암탉

어떤 과부가 매일 아침마다 한 개의 달걀을 낳는 암탉을 기르고 있었다.

과부가 어느 날 속으로 생각했다.

'만약 내가 모이를 두 배로 늘려 주면 달걀을 하루에 두 번씩 낳을 게 아닌가!'

과부는 그날부터 계획대로 평소보다 두 배나 많은 보리를 닭에게 주었다.

그러자 암탉은 점점 뚱뚱하고 둔해지더니 나중에는 달걀을 전혀 낳지 못하게 되었다.

 ■■■
삶은 수학이 아니다. 계산대로 되지 않는 법이다.

338
새끼 돼지

목장의 양 떼 속에 새끼 돼지 한 마리가 같이 자라고 있었다. 어느 날 양치기가 그 새끼 돼지를 붙잡자 새끼 돼지는 요란한 비명을 질렀다. 시끄러운 울음을 듣다 못한 양 한 마리가 점잖게 충고했다.

"우린 날마다 양치기한테 붙잡히지만, 너처럼 고래고래 소리를 지르지는 않는단다."

새끼 돼지가 말했다.

"그건 당신이 몰라서 하는 소리예요. 양치기가 당신들을 붙잡을 때는 털과 젖이 필요해서지만, 나한테 원하는 것은 내 고기뿐이란 말예요."

 ▪▪▪
재산을 빼앗길 때와 목숨을 빼앗길 때의 비명 소리는 서로 다를 수밖에 없다.

급류에 휩쓸린 여우 339

오랫동안 갈증에 시달리던 여우들이 메안드로스강가(소아시아를 관통해 흐르는 큰 강으로, 아폴로 신전이 이 강가에 위치해 있다)에 도착했다. 그러나 강물이 너무 세차게 굽이치고 있었기 때문에 여우들은 선뜻 다가갈 용기를 내지 못했다.

그런데 무리 중 한 마리가 겁먹은 일행을 뒤로하고 강가로 내려갔다. 그 여우는 동료들의 비겁함을 조롱하며, 이 기회에 자신의 진가를 발휘해야겠다고 생각하고는 대담하게 강물로 뛰어들었다.

하지만 그 여우는 강 한가운데로 휩쓸려 갔고, 강둑에 남아 있던 다른 여우들은 소리쳤다.

"이봐! 그냥 가 버리면 어떡하나? 물을 어디서 먹어야 안전한지 가르쳐 줘야지!"

그러자 물살에 쓸려 가던 여우가 간신히 고개를 돌려 대꾸했다.

"내가 지금 아폴로 신전에 전할 급한 전갈을 받았거든! 어디가 좋은지는 내 돌아와서 알려 줌세!"

■ ■ ■
불필요한 허풍이 스스로를 옥죄게 만든다.

340
노인과 죽음의 신

평생을 노역에 시달려 온 한 노인이 있었다.

노인은 그날도 한 짐의 장작을 지고 먼 길을 가야만 했다. 무거운 짐을 지고 힘겹게 걸어가면서 노인은 문득, 이렇게 힘들게 사느니 차라리 죽어 버리는 게 낫다는 생각이 들었다. 그래서 무거운 장작 더미를 팽개치고 주저앉아 죽음의 신을 불렀다.

그러자 곧바로 죽음의 신이 나타나 노인에게 물었다.

"나를 불렀소?"

"그, 그렇습니다만……."

"그래, 무슨 일이시오?"

그러자 노인은 머리를 긁적이며 이렇게 대답하는 것이었다.

"아, 제 장작 좀 들어 주었으면 해서요……."

 ■■■
삶으로부터 그토록 도피하고 싶어도, 죽음에 대한 공포 역시 만만치 않다.

341
솔개와 비둘기

비둘기 몇 마리가 오랫동안 솔개 한 마리로부터 위협을 받으며 살고 있었다. 그러나 언제나 조심했기 때문에 운 좋게 솔개의 공격을 피할 수 있었다.

이에 솔개가 한 가지 전술을 썼다. 어느 날 비둘기들을 찾아간 솔개가 말했다.

"너희는 언제까지 그렇게 불안해하며 살 거지? 만약 너희가 날 왕으로 삼기만 하면, 내가 너희를 안전하게 보호해 줄 텐데……."

비둘기들은 솔개의 말을 믿고, 그를 왕으로 삼았다.

하지만 솔개는 왕이 되자마자 권력을 이용하여 하루에 한 마리씩 비둘기를 잡아먹었다.

이에 마지막 남은 비둘기 한 마리가 혼잣말로 중얼거렸다.

"꼴좋다. 당연한 결과지 뭐……!"

 ■ ■ ■
스스로의 안위를 적의 수중에 떠맡기는 자는, 그 권력의 칼끝이 자신에게 돌아와도 당연하게 받아들여야 한다.

342
사냥꾼과 어부

숲에서 사냥한 짐승을 짊어지고 내려오던 사냥꾼과, 바다에서 잡은 생선을 짊어지고 가던 어부가 우연히 길에서 마주쳤다.

그런데 마침 사냥꾼은 생선회가 먹고 싶었고, 어부는 구운 들짐승 고기가 먹고 싶었다. 그래서 두 사람은 서로의 물건을 바꾸어 가졌다. 그 이튿날에도 그랬고, 사흘 뒤에도 마찬가지로 서로 맞바꾸었다.

그러자 그 광경을 본 동네 사람들 중 하나가 말했다.

"매일같이 저렇게 바꿔 먹지만 아마 오래가진 못할 거야. 얼마 안 가서 입맛이 달라지면, 또다시 제가 잡은 것을 먹기 시작할 테니까!"

■ ■ ■
인간의 입맛처럼 변덕이 심한 것도 없다.

매일같이 저렇게 바꿔 먹지만 오래 가진 못할 거야

343
조개를 삼킨 개

농장에서 자란 개는 달걀을 무척 좋아했다.

한번은 농장 주인이 그 개를 바닷가에 데리고 갔다. 개는 모래벌판에 있는 조개를 발견하고는, 그것도 달걀인 줄 알고 덥석 삼켜버렸다. 그러자 졸지에 개의 뱃속에 들어가게 된 조개는 이리저리 움직이며 개를 괴롭혔다.

개가 아픈 배를 움켜쥐고 바닥을 뒹굴면서 울부짖었다.

"둥근 것이 다 달걀인 줄 알고 삼켜 버린 내가 바보지! 어이쿠 배야!"

 ■■■ 앞뒤 재지 않는 경솔한 행동은 반드시 후회를 초래한다.

344
모기와 황소

모기 한 마리가 황소의 뿔에 내려앉았다. 모기는 잠시 후 다시 날아오르면서 황소에게 물었다. 나중에 자신이 다시 와서 앉아도 좋겠느냐고. 그러자 황소가 대답했다.

"나는 네가 내 뿔에 앉았는지도 몰랐다. 그러니 다시 오든지 말든지 네 맘대로 해라."

■ ■ ■
세상에는 있으나 없으나 도움이 될 것도, 아쉬울 것도 없는 하찮은 사람들이 존재한다.

345
황소와 개구리

초원에서 풀을 뜯던 황소가 무심코 새끼 개구리들 사이로 발을 들여놓다가 모두 밟아 죽이고 말았다. 겨우 살아남은 개구리 한 마리가 엄마 개구리한테 뛰어가 이 무서운 소식을 전했다.

"엄마, 네 발이 달린 아주 큰 짐승이었어요!"

"덩치가 아주 크다고?"

엄마 개구리가 물었다.

"얼마나 큰데?"

엄마 개구리가 한껏 자기 배를 부풀려 올리며 물었다.

"이 정도로 크던?"

새끼 개구리가 혀를 찼다.

"아이, 그보다 훨씬 더 컸어요!"

"뭐? 그렇게 컸다고?"

그러면서 그녀는 배를 더욱 부풀렸다.

"에이! 그 정도론 어림도 없어요. 아무리 그래도 그 짐승의 반도
안 될 걸요!"

새끼 개구리한테 무시당한 엄마 개구리는 화를 내며 또다시 최대
한 몸을 부풀리다가 그만 뻥 하고 터져 죽고 말았다.

▪ ▪ ▪
분수에 맞지 않는 무모한 도전은 현재의 위치조차 무너뜨리고 만다.

346
사냥개의 허세

사자를 발견한 사냥개가 맹렬히 그 뒤를 쫓았다.

그런데 사자는 도망을 치기는커녕 오히려 우뚝 멈춰 서서 사냥개를 향해 으르렁거리는 것이었다. 놀란 사냥개는 얼른 꽁무니를 빼고 줄행랑을 놓았다.

여우가 멀리서 그 광경을 보고 사냥개를 놀렸다.

"불쌍한 친구여! 사자를 쫓아가던 그 용기는 어디 가고, 고작 으르렁거리는 소리에 놀라 내빼기에 정신이 없구나!"

 큰소리는 쳐 보지만, 막상 강자와 맞부딪치면 용기가 죽어 버린다.

347
구멍에 갇힌 여우

굶주린 여우가 이곳저곳을 헤매다가 속이 텅 빈 참나무 구멍 안에 놓인 빵과 고기를 발견했다. 그것은 양치기가 새참으로 먹으려고 놓아둔 것이었다.

여우는 주위를 살피고는 살금살금 구멍으로 기어들어 가 모두 먹어 치웠다. 그러자 갑자기 배가 부른 여우는 다시 그 구멍을 빠져 나올 수가 없었다.

졸지에 참나무 구멍에 갇힌 여우는 자신의 처지를 슬퍼하며 울부짖었다. 때마침 그 곁을 지나던 다른 여우가 울음소리를 듣고 찾아왔다.

"무슨 일로 그러시오?"

여우가 자신을 꾸짖으며 한탄했다.

"당장 끼니 해결에 눈이 어두워 이렇게 어리석은 짓을 했소!"

자초지종을 다 듣고 난 여우가 별것 아니라는 듯이 말했다.

"크게 걱정할 필요는 없을 것 같소."

"?"

"들어갈 때처럼 배가 홀쭉해질 때까지 기다려 보시오. 배가 도로 홀쭉해지면 쉽게 빠져나올 것 아니겠소!"

 ■■■ 결과를 생각하지 않고 시작한 일은 예상치 못한 불행을 초래한다.

348
강물을 괴롭히는 어부

어부가 강에서 물고기를 잡고 있었다.

어부는 강둑 이쪽에서 저쪽까지 기다랗게 그물을 쳐 놓고는 물살에다 대고 온갖 욕설을 퍼부었다. 또 그러고도 모자라는지 돌멩이를 매단 굵은 밧줄로 사정없이 물을 후려쳤다. 그 바람에 놀란 물고기들이 사방으로 흩어지다가 모두 그물에 걸려들었다.

근처를 지나던 어떤 이가 그 광경을 보고 한마디 했다.

"그렇게 강물을 엉망으로 만들면 마을 사람들이 흙탕물을 먹게 되잖소!"

그러자 그 어부는 이렇게 되받는 것이었다.

"강물을 괴롭히지 않으면 내가 굶어 죽게 생겼는데 어쩝니까!"

■■■
사회를 혼란에 빠뜨림으로써 제 밥그릇을 챙기는 모략가들이 여전히 활개 치고 있다.

349
수탉과 나귀와 사자

농가의 마당에 나귀와 수탉이 함께 살고 있었다.

어느 날 굶주린 사자가 농장 앞을 지나다가 살이 통통한 나귀를 발견하고는 잡아먹어야겠다고 결심했다. 그런데 무슨 수를 써 보기도 전에 때마침 수탉이 울었고, 황급히 그 자리를 떠야만 했다.

사자는 수탉의 울음소리를 유난히도 싫어했던 것이다.

나귀는 사자 같은 맹수가 수탉에게 겁을 먹는다고 생각하니 여간 흥미롭지 않았다. 그래서 백수百獸의 왕을 뒤쫓는 기쁨을 맛보려고, 용기를 내어 곧장 앞으로 내달렸다.

그러나 얼마 후 수탉의 울음소리가 들리지 않자, 사자는 재빨리 몸을 돌려 순식간에 나귀를 쓰러뜨렸다.

 ■ ■ ■
자신의 처지도 모르고 우쭐대다간 파멸의 구렁텅이로 떨어진다.

손님을 초대한 개 350

어느 집 주인이 친구들을 초대했는데, 그 집에서 기르는 개도 자기 동료들을 불러들였다.

저녁 무렵, 동료들이 찾아오자 그 집 개는 흡족한 미소를 지었다.

"오늘처럼 진수성찬을 받아 보기도 힘들지. 이왕이면 맛난 걸로 잔뜩 먹어서 며칠 동안 끼니 생각이 안 나게 해 두자고."

그러면서 자기만 믿으라는 듯이 꼬리를 흔들었다.

그런데 이때 음식상을 차리고 있던 식모가 달려와서 그 개의 뒷다리를 잡아 문밖으로 집어던졌다.

졸지에 문밖으로 굴러 떨어진 개가 비명을 질렀다. 그러자 초대받아 온 개 중 하나가 물었다.

"이보게, 무슨 음식을 먹었기에 그러나?"

손님을 초대한 개가 대답했다.

"어이쿠! 술을 어찌나 마셨던지, 정신이 하나도 없구먼!"

■ ■ ■
분수에 어울리지 않는 자선은 되레 해가 된다. 더군다나 남의 재산을 가지고 선심을 써서는 절대 안 된다.

351
멸치

넓은 바다 한가운데서 고래와 돌고래가 일전을 벌이고 있었다. 싸움이 격해지자 거대한 물보라가 일면서 바다 전체가 술렁거렸다. 이때 멸치 한 마리가 수면 위로 빼쭉 고개를 내밀고는 둘의 싸움을 말리려고 들었다.

"별일도 아닌 것 같은데, 이쯤에서 서로 그만두는 게 어때?"

그러자 돌고래가 멸치를 노려보며 소리쳤다.

"네 녀석을 중재자로 삼느니, 차라리 우리끼리 싸우다가 죽어 버리는 게 덜 창피하겠다!"

■ ■ ■
자기 분수를 알아야 한다.

352
박쥐 이야기

하늘을 나는 새들과 땅 위의 동물들 사이에 전투가 벌어졌다. 격렬한 싸움이 오랫동안 계속됐지만 좀처럼 결판이 나지 않았다. 이때 박쥐는 어느 편에도 들지 않고 방관자적인 태도를 취하고 있었다.

마침내 육지 동물들이 승리할 것처럼 보였다. 그러자 박쥐는 그들의 편에 서서 함께 싸우는 시늉을 했다. 그러다가 새들이 점점 위세를 되찾아 이길 것처럼 보이자, 박쥐는 그날 밤 진영을 옮겼다. 그러나 싸움은 좀처럼 결론이 나지 않았다. 얼마 후 강화조약이 체결되었고, 양다리를 걸친 박쥐는 양쪽으로부터 똑같은 비난을 받았다. 결국 박쥐는 어두운 동굴로 숨어 버려야만 했다.

두 마리 토끼를 쫓는 사람은 결국 한 마리도 못 잡게 된다.

353
외양간의 사슴

늑대의 추격을 피해 달아나던 사슴이 갈팡질팡하다가 농가의 외양간으로 뛰어들었다. 여물을 먹고 있던 황소가 구유 밑으로 기어드는 사슴을 보고 말했다.

"넌 어쩌자고 이리로 뛰어드는 것이냐? 사람들이 널 가만 놔둘 줄 아니?"

사슴이 말했다.

"당신만 눈감아 주면 기회를 봐서 얼른 딴 곳으로 도망치겠습니다."

그러자 황소는 이렇게 대꾸했다.

"글쎄, 나야 널 숨겨 주었다가 탈 없이 나가게 해 주고 싶다만, 내 뿔이 그걸 허용할지 의문이구나."

■■■
안심할 수 없는 진짜 위기는 코앞에 있다.

글쎄, 나야 널 숨겨 주었다가 탈 없이 나가게 해주고 싶다만, 내 뿔이 그걸 허용할지 의문이구나.

354
나팔수

나팔 소리로 전장에 나갈 병사들을 불러 모으는 사람이 적군의 포로가 되었다.

나팔수가 사정하며 목숨을 구걸했다.

"전 죽을 이유가 하나도 없습니다. 전 누구도 죽이지 않았어요. 오직 나팔만 불었다고요."

그러자 누군가가 이렇게 되받아쳤다.

"바로 그래서 네가 죽어야 한다는 거지!"

"?"

"넌 한 번도 싸워 보지 않았으면서, 다른 사람들은 모두 전쟁터로 내몰았으니까!"

■■■ 죄를 저지른 자보다 그것을 충동질한 자가 더 나쁘다.

355
인간과 사자

사자와 인간이 함께 여행을 하게 되었는데, 그들은 둘 다 허풍이 심했다.

그러던 중 어떤 마을을 지나다 문득 바위 하나가 눈에 띄었다. 사자의 목을 조르고 있는 인간의 용맹스런 모습이 새겨진 바위였다. 인간이 바위를 가리키며 사자에게 말했다.

"저것 보게, 우리 인간이 자네들보다 훨씬 더 강하지 않은가?"

이에 사자가 조소 섞인 얼굴로 대꾸했다.

"우리 사자들이 조각하는 법을 알았더라면, 자네도 사자가 인간을 타고 앉아 있는 모습을 종종 보았을 것이네."

■ ■ ■
상징은 전략적인 위치를 차지한 소수 사람들의 전유물이다. 따라서 비난의 화살을 피하면서도 맹목적인 목적을 향해, 다수를 억압하고 고생시키는 도구가 된다.

356
개에게 물린 사내

개에게 물린 어떤 사내가 상처를 동여맨 채 사람들에게 의사가 있는 곳을 물었다.

그때 어떤 사람이 말했다.

"의사를 찾을 필요가 없소. 나한테 좋은 치료법이 있으니까."

"그게 뭐요?"

그가 말했다.

"빵 조각으로 상처의 피를 닦으시오. 그런 다음 그걸 당신을 문 그 개한테 먹이는 거요."

그러자 개한테 물린 사내는 콧방귀를 뀌면서 소리쳤다.

"내가 그놈에게 빵을 먹일 바엔, 차라리 이 마을의 개라는 개한테 모조리 물리는 게 낫겠소!"

■■■
오직 깨달은 사람만이 모든 악을 선업善業으로 되갚는다.

감출 수 없는 본능 357

잘생긴 청년에게 한눈에 반한 고양이가 있었다. 고양이는 아
프로디테를 찾아가 그 청년과 결혼할 수 있게 자기를 인간으로 바
꾸어 달라고 간청했다.

이에 여신은 고양이를 아름다운 처녀로 변장시켰다. 청년은 소녀
를 보자마자 사랑에 빠졌고, 신부로 삼기 위해 자기 집으로 데려
갔다.

그들이 침실에서 쉬고 있을 때였다.

아프로디테는 고양이의 본능이 현재의 모습에 맞게 변했는지 알
고 싶어서 소녀의 앞에 쥐 한 마리를 풀어놓았다. 그러자 소녀는
얼른 침대에서 뛰어내려 쥐를 잡아먹으려고 하는 것이었다. 화가
난 여신은 소녀를 원래의 모습으로 되돌려 놓았다.

■■■
사자의 굴에서 자랐다 해도 개는 엄연히 개일 뿐이다.

358
다랑어와 돌고래

다랑어 한 마리가 돌고래한테 쫓겨 죽을힘을 다해 도망치고 있었다. 젖 먹던 힘까지 동원했지만 다랑어는 곧 잡아먹힐 처지였다.

그래서 그랬을까? 무작정 달아나던 다랑어가 아차 하는 순간 섬 위로 뛰어올랐다. 그러자 뒤따르던 돌고래 역시 같은 속도로 해변으로 미끄러져 올라왔다.

다랑어가 숨을 헐떡이는 돌고래를 보며 말했다.

"난 이제 죽어도 여한이 없다! 날 이 지경으로 만든 네놈과 함께 죽게 되었으니까 말이다."

 ■■■ 남을 불행하게 만들면 자신도 똑같이 불행에 빠진다.

359
암사자

숲속의 동물들 가운데 어떤 동물이 식구 수가 가장 많은가를 놓고 설전이 벌어졌다.

동물들이 암사자에게 물었다.

"당신은 한 번에 새끼를 몇 마리나 낳습니까?"

암사자가 대답했다.

"하나뿐이죠."

"안 되겠어. 겨우 한 마리를 낳는다는군."

암사자가 시큰둥해하는 동물들 뒤에 대고 근엄한 목소리로 말했다.

"하지만 그 하나가 사자랍니다."

 ▪▪▪
양보다 질이다.

360
상대할수록 커지는 것

세상을 두루 여행하던 헤라클레스가 어떤 곳에 도착했을 때였다. 둥그런 것이 길가에 나뒹구는 것을 본 그는 뭘까 하고 발로 콱 밟았다. 그랬더니 그것이 갑절이나 큰 덩어리로 변하는 것이었다.

이상히 여긴 헤라클레스가 이번에는 들고 있던 쇠지팡이로 힘껏 후려쳤다. 그러자 그 덩어리는 길을 다 막을 정도로 엄청나게 커지는 것이었다.

도무지 어찌된 영문인지를 몰라 멍한 표정으로 서 있는데, 때마침 아테나 여신이 나타나 살짝 귀띔을 해 주었다.

"그것은 말다툼 덩어리랍니다. 상대를 않고 내버려두면 잠잠하지만, 상대를 하여 다투게 되면 저렇게 무한정 커지기만 한답니다."

■■■
말다툼은 할수록 커진다.

그것은 말
다툼덩어
리랍니다
상대를 않
고 내버려
두면
그대로
잠잠
하지만
상대를
하여다
투계되면
저렇게무
한정 커지
기만 한답
니다

361
파리와 꿀 항아리

한 식료품 가게의 꿀 항아리가 엎어졌다. 그러자 냄새를 맡은 파리 떼가 몰려와 꿀을 빨아먹기 시작했다.

파리들은 풍족한 꿀로 금세 배를 채웠지만 전혀 그곳을 떠나려 하지 않았다.

시간이 지나면서 꿀은 굳기 시작했고, 결국 파리들은 발이 달라붙어 꼼짝달싹 못하는 신세가 되었다.

맛있는 음식 속에서 죽게 된 파리 한 마리가 소리쳤다.

"그 짧은 즐거움 때문에 아까운 목숨을 던져 버린 우리는 얼마나 미련한 것들인가?"

■ ■ ■
지나침은 부족함만 못하다.

362
새잡이와 뱀

새 사냥을 즐겨 하던 한 사내가 그날도 어김없이 장대와 끈끈이 풀을 가지고 새를 잡으러 나갔다.

얼마 후 높다란 나무 위에 앉아 있는 지빠귀를 발견한 새잡이는, 장대 끝에 끈끈이를 묻힌 다음 새와 장대 끝을 번갈아 보며 살금살금 앞으로 다가갔다. 그런데 하필이면 그 길에 뱀이 누워 있었다. 미처 뱀을 발견하지 못한 새잡이가 뱀을 밟았고, 화가 난 뱀은 그의 발을 물었다.

독사에 물린 새잡이가 죽어 가면서 한탄했다.

"이 무슨 날벼락인가! 내 자신이 죽는 것도 모르고 남을 잡으려 하다니!"

 ■ ■ ■
남을 해코지하려는 사람은 자신도 모르는 사이에 똑같이 당하고 만다.

363
춤추지 않는 낙타

낙타 주인이 자기 낙타에게 춤을 추라고 시켰다.
그러나 낙타는 끝끝내 춤을 추지 않고 버티면서 이렇게 말했다.
"주인님, 제가 춤을 추면 정말 가관일 겁니다. 춤은커녕 걸을 때
조차도 보기 이상한 게 저 아닙니까?"

무리한 요구는 탈을 낳는 법, 알맞은 일을 시켜야 보기에도 좋다.

364
이솝우화

하루는 웅변가 데마데스가 아테네 시민들을 모아 놓고 연설
을 했다.
그러자 사람들은 국가 운영에 관한 이야기 대신에 이솝우화나 하
나 해 달라고 요구했다.
이에 데마데스가 이야기를 시작했다.

"농사의 여신 데미테르와 제비와 뱀장어가 나란히 길을 가고 있었습니다. 그들은 얼마 후에 강기슭에 도착했습니다. 그러자 제비는 하늘로 날아올랐고, 뱀장어는 강물로 뛰어들어 헤엄을 치기 시작했습니다."

거기까지 이야기한 데마데스가 갑자기 이야기를 멈추었다.

"데미테르는 어떻게 했습니까?"

누군가가 큰소리로 물었다.

"여신은 어떻게 했느냐고요!"

데마데스가 대답했다.

"여신은 당신과 같은 사람에게 화를 냈습니다."

"?"

"나라의 중요한 문제를 외면하고 시시한 이솝우화나 듣겠다는 당신 같은 사람들에게 말입니다!"

국가의 대사보다는 단순한 자기만족을 원하는 것이 인간이라는 불합리한 존재이다.

365
신 포도

어느 무더운 여름날, 며칠을 굶주린 한 여우가 높다란 포도나무 밑을 지나다가 주렁주렁 매달린 포도송이를 발견했다. 배고픔과 목마름에 지쳐 있던 여우의 눈에 그 포도는 그렇게 먹음직스러울 수가 없었다. 여우는 그것을 따 먹으려고 껑충 뛰었다.

하지만 포도송이는 너무 높은 곳에 매달려 있어서 도저히 따 먹을 수가 없었다. 껑충껑충, 몇 번을 뛰어 보던 여우는 결국 체념한 채 물러나고 말았다.

눈앞에 빤히 보이는 먹을 것을 두고 돌아서야 하는 여우가 중얼거렸다.

"저 포도를 딴다 해도 아마 소용이 없을 거야. 너무 시어서 먹지 못할 테니까……."

■■■
능력 부족으로 무슨 일을 포기해야만 할 때, 우리는 꼭 이렇게 변명하고 있지 않는가?

간신히 저 포도를
따다해
도아마
몽소
없을
거을
아너무
시어서
못
먹을
테니까

■■■ 우화, 인간을 모방한 동물들의 통쾌한 역설과 풍자

『이솝우화』를 말하기 전에 먼저 우화가 무엇인지부터 살펴볼 필요가 있다. 우화寓話, fable의 사전적 의미를 찾아보면, 인간 이외의 동물 또는 식물에 인간의 감정을 부여하여 사람과 꼭같이 행동하게 함으로써 그들이 빚는 아이러니와 유머 속에 교훈을 나타내려고 하는 설화說話라고 정의하고 있다.

그렇다면 인간이 오래 전부터 우화를 창작하고 즐겨 이야기하는 까닭은 무엇일까? 그것은 이야기를 빌려 인간이 필연적으로 지닐 수밖에 없는 약점을 풍자하고 나름대로의 처세술을 암시하려는 데에 있다. 이를테면 이야기를 육체로 하고 도덕을 정신으로 삼는 것이다. 그런데 이때 이야기 속의 주인공은 일상에서 흔히

부딪칠 수 있는 생쥐나 당나귀, 까마귀이기 때문에 이들이 연출하는 기지와 유머는 딱딱한 이론이나 도덕성을 대신하여 읽는 이들을 손쉽게 철학의 세계로 끌어들인다.

동물을 빗대어 인간사회를 풍자하는 문학작품은 과거에도 많았지만, 이 경우 주인공인 동물은 인간과 일정한 선을 긋고 절대 자기 본래의 영역을 넘지 못하는 데 반해 우화의 주인공들은 인간의 모든 기능을 구비한 또 다른 인격체로서 자유롭게 지껄이고 행동한다. 여기에 우화의 기교상 특징이 있는 것이다.

우화작가로서 유명한 인물로는 단연 이솝을 꼽는데, 그는 『이솝우화』를 통해 시대적으로나 작품완성도 면에서 최고로 평가받는다. 물론 그렇다고 해서 이솝의 모든 작품이 그의 독자적인 창작품으로 인정되지는 않는다. 이솝은 우화의 소재를 그리스뿐만 아니라 멀리 외국에서까지 찾고 연구해 차용했다. 이 점은 그의 우화에 등장하는 다양한 동물의 군상을 보아도 알 수 있다. 이솝은 그 당시 자기가 한 번도 보지 못했을 동물들까지 다양하게 등장시키며 훌륭한 처세술과 도덕관을 곁들여 인류사에 길이 남을 명작을 만들어 냈다.

이솝의 우화들은 간결하고 소박한 문체 속에서도 인간성에 대한 예리한 통찰력을 곁들이고 있으며, 인간의 행동과 심리에 대해 교묘하게 풍자하면서 삶의 처세에 도덕성을 부여하려 노력했다. 그래서 『이솝우화』는 그리스뿐만 아니라 파에도르스의 라틴어역

譯으로 로마시대에도 읽혔고, 학교의 교과서로도 이용되었다.

근세에 들어 많은 우화작가들이 등장하는데, 대표적으로 프랑스의 장 드 라 퐁텐을 들 수 있다. 17세기에는 왕족들의 호화판 사치생활과는 딴판으로 백성은 곤궁에 빠지고, 사회 모순이 많았으며, 사자처럼 무서운 군주 밑에 원숭이 같은 궁정관리가 많았던 시절이었다. 라 퐁텐은 그런 극심한 시대의 인간 군상들을 풍자와 유머로써 신랄하게 비판했다.

18세기 초에는『그림동화』의 그림 형제가 등장한다. 독일의 야코프 그림과 빌헬름 그림 두 형제는 모두 언어학을 전공했고, 함께 여러 동화를 썼다. 그들은 유로화가 도입되기 이전에, 1000마르크짜리 지폐에 실릴 정도로 문명사에 남긴 영향력이 지대하다.

18세기 말에는 러시아의 세계적 우화 작가 이반 끄르일로프가『끄르일로프 우화집』을 내놓는다. 처음에는 외국의 우화를 번역하는 데 그쳤던 끄르일로프는 30년 동안 한직에 머무르면서 우화를 창조하고 정리하였으며, 그의 우화 속에 드러나는 생생한 표현과 예리한 풍자는 19세기 초 전 러시아 문학에 새로운 지평을 열었다. 러시아 민중에 그 뿌리를 두고, 날카롭고 적절한 유머가 녹아 있는 속담과 격언들 속에서 성장한 끄르일로프의 우화들은 18세기 러시아의 시대상을 정확히 반영하여 이후 그리보예도프, 푸시킨, 고골을 비롯한 러시아 작가들이 지향한 사실주의 문학의 발달에 큰 영향을 미쳤다.

『이솝우화』는 어떻게 탄생하였는가?

『이솝우화』 혹은 『아이소피카』는 고대 그리스에 살았던 노예이
자 이야기꾼이었던 이솝이 지은 우화 모음집을 일컫는다. 이는 의
인화된 동물들이 등장하는 단편 우화 모음집을 가리키는 총괄적
용어이기도 하다.

재치 있고 유머 넘치며, 인간에 대한 통찰이 엿보이는 『이솝우
화』는 고대 그리스시대부터 현재까지 2,500년 동안이나 사랑 받
아 온 삶의 지침서이다. 각국의 설화를 소재로, 간결하고 명쾌한
문장 속에 이야기마다 삶의 지혜와 교훈이 담겨 있다. 이솝(그리
스어로 아이소포스isopos)의 작품으로 알려졌으며, 그의 전기(傳記) 속
에 수록되어 있던 우화가 독립하여 하나로 정리된 것으로 여겨진다.

여기서 『이솝우화』의 개략적인 탄생 역사를 살펴보자.

1484년 영국의 윌리엄 캑스턴이 영역판을 최초로 냈고, 1692년
로저 레스토랑지 경이 그 시대의 영어에 맞도록 고쳐 썼다. 또
1668년 프랑스에서는 시인이었던 라 퐁텐이 『이솝우화』에서 영감
을 받아 우화 시집을 발간하기도 했다.

현대영어로 된 영역본은 조지 플라이어 타운센드(1814~1900)

목사판이 잘 알려져 있다. 1998년에 올리비아 템플과 로버트 템플이 펴낸 『The Complete Fables by Aesop』는 완전판이라는 이름에 걸맞게 원전에 가장 충실한 이솝우화집으로 손꼽힌다. 템플에 따르면 초기 영역본들은 당시 역자의 주관에 따라 개작된 경우가 많았다고 한다.

『이솝우화』가 우리나라에 처음 소개된 것은 갑오개혁 이듬해인 1895년. 일본인의 도움으로 만든 최초의 신식교과서 『신정심상소학』에 처음 등장했다. 총 7편의 우화를 '새로운 이야기'라는 표제 아래 소개했다.

오늘날 전해지고 있는 가장 오래된 그리스어 원문은 BC 3세기의 것이다. 이것은 처음부터 이해하기 쉬운 산문으로 쓰였는데, 운문으로 고쳐 쓰는 시도도 몇 차례 이루어졌다. 그 대표적인 예가 2세기의 바브리오스의 우화시이다. 로마에서도 일찍부터 소개되어 제정 초기에 파에도르스가 라틴어의 시형詩形으로 우화집을 발표하기도 했다. 이들 시는 비잔틴시대와 유럽 중세를 지나는 동안 『이솝우화』의 전승에 큰 역할을 차지했다. 『이솝우화』는 중세를 거쳐 르네상스시대에 와서 높은 평가를 받게 된다.

현재 『이솝이야기』로 알려진 것은 14세기 콘스탄티노플의 수사 플라누데스가 편집한 것이다. 많은 부분이 이야기를 전하던 후세 사람들에 의해 추가됐으리라 짐작되며, 그래서 이솝의 원작 부분은 분명하지 않다.

『이솝우화』의 원작자 이솝의 생애에 대해서는 확실한 것이 없으나, 전해지는 바에 의하면 BC 6세기 전반에 그리스에서 활동했다고 한다. 사모스의 시민 이아드몬의 노예였으며, 델포이에서 그곳 사람들의 손에 불의의 죽음을 당했다고 한다. 아리스토파네스는 이솝이 사원에서 식기를 훔치다가 고발되었다고 하고 플루타르코스는 그가 델포이인들을 모욕하여 모독죄를 뒤집어쓰고 죽었다고 하지만, 그 진위 여부를 판정하기는 힘들다.

번뜩이는 재치를 가졌으나 외모는 추악하고 말더듬이였다거나, 그가 실제 인물이 아닌 가상의 인물이라는 주장도 있는 등 그에 관한 온갖 추측과 기록들은 아득한 후세 사람들의 창작에 지나지 않는다.

우리가 흔히 '어린이를 위한 이야기' 정도로 알고 있는 『이솝우화』는 그리스 민족의 문화유산일 뿐만 아니라, 세계문학으로 꼽히는 당당한 지위를 차지하고 있다. 호메로스의 서사시가 영웅과 귀족의 문학이라고 한다면, 『이솝우화』는 학대받는 민중의 문학이라 할 수 있다. 시대사상이나 종교규범과는 관계가 없고, 막힘 없는 안목으로 인간생활을 묘사했다는 점에서 그리스인의 정신을 상징하는 합리주의적 사고를 나타내고 있다고 볼 수 있다.

『이솝우화』가 유전流轉되는 동안 동양 특히 인도에서 유래되는 우화가 많이 추가되었다. 예를 들어 〈사자의 가죽을 쓴 당나귀〉의 이야기는 인도에서는 호랑이의 가죽 또는 표범의 가죽으로 되어 있으며, 이와 유사한 이야기는 매우 많다. 이와 같이 유사한 설화의 기원에 대하여 학자들은 그리스라고도 하고, 인도라고도 주장하지만 이것을 판별하기는 힘들다. 그러나 그 중에는 인도에서 유래된 것이 분명한 것도 있다.

오랜 역사를 자랑하는 『이솝우화』는 그동안 수없이 많은 나라를 떠돌며, 수없이 많은 화자들에 의해 보충되고 갈고 닦여 왔다. 가히 인류사의 '지혜의 서'라 할 것이다. 그래서 어떤 이야기 속에도 인생에 대한 뛰어난 풍자와 지혜, 통찰력이 담겨 있다. 그리고 무엇보다도 현대를 사는 우리에게 변함없는 거울이 되어 줄, 훌륭한 처세술을 일깨워 준다.

이 책에는 독자들로 하여금 『이솝우화』의 풍부한 맥락과 교훈을 실감하게 하는 365편의 다양한 이야기들이 실려 있다. 여기에는 『이솝우화』의 주인공 격인 동물들 말고도 태양, 강, 바다, 나무와 같은 자연물과 그리스 신화의 신들과 인간을 다룬 우화들도 포함되어 있다. 우화를 단순히 아이들을 위한 동화쯤으로 여기던 시각에서 벗어나 어른들에게도 세상을 보는 눈과 삶을 대하는 지혜를 풍부하게 선사하고 있다. 삶에 대한 적절한 처세술과 지혜, 그리고 인간 사회의 단면을 예리한 시선으로 담은 풍자적이면서도 교훈적인 이야기들이 가득하다. 그래서 현대를 살아가는 우리들에게도 많은 영향을 끼치고 있으며, 수많은 명사들의 연설문에서도 수없이 많이 인용되고 있다. 한마디로 동서고금을 통틀어 나이와 연령에 제한받지 않는 영원한 베스트셀러라고 할 수 있다.

도덕과 처세술을 일깨우는 권선징악의 이야기

『이솝우화』 속 동물들은 흡사 인간처럼, 혹은 인간보다 더 인간답게 행동하는데, 흥미로운 이야기를 통해 인간세상을 신랄하게 풍자하고 있다. 최초의 창작자가 이솝이라 해도 오랫동안 입에서 입으로 전해진 만큼 글이 간결하고 소박하지만 상징성 등의 문학성이 뛰어난 것이 특징이다.

다양한 소재로 꾸며진 『이솝우화』는 대체로 권선징악을 뼈대로 삼고 있다. 사람들을 계몽하고 아이들에게 들려주기 위해 만들어져 대부분 교훈적인 주제를 지닌다. 이야기마다 악을 상징하는 세력이 등장하고, 주인공 쪽에선 선을 상징하는 대립적 이미지가 되고, 선이 악을 물리친다는 것이 대부분의 결말이다. 그리고 주로 의인화된 화법을 사용했다. 사람이 아닌데 사람인 것으로 여기고 표현한 것이다. 물론 의인법 말고도 상징법, 대조법, 반복법, 점층법, 열거법, 대구법, 반어법, 역설법 등이 다양하게 구사된다.

『이솝우화』는 크게 동물편, 사람편, 신화편 세 부분으로 나눌 수 있는데 가장 유명한 것은 역시 동물우화이다. 동물의 행동이나 성격 등을 빌려서 우리 인간들에게 일종의 도덕과 처세술을 일러 준다. 우화 속에 등장하는 동물들은 각양각색의 인간군상을 상징 하는 것으로 여우는 꾀 많고 교활한 기회주의자를 비유한 것이고, 사자는 힘없는 자를 억누르는 권력과 지도층을, 당나귀는 고집 세 고 어리석은 자를 풍자한 것이다.

■■■ 동물편

■토끼와 거북

어느 날 토끼가 거북을 느림보라고 놀려대자, 거북은 토끼에 게 달리기 경주를 제안한다.

경주를 시작한 토끼는 거북이 한참 뒤진 것을 보고 느림보라 고 무시하고 중간에 낮잠을 잔다. 잠에서 문득 깬 토끼는 거북 이 어느새 경주를 마쳤다는 사실을 깨닫게 된다.

이 우화는 인생을 경주에 비교했고, 토끼는 게으른 인간, 거북 은 성실한 인간을 상징한다. 천천히, 그리고 꾸준히 노력하는 사 람이 승리한다는 덕목을 가르치고 있다.

▣ 고양이 목에 방울달기

오랜 세월 고양이로부터 괴롭힘을 당해 온 생쥐들은 더 이상의 핍박을 못 참겠노라고 성토하면서 고양이를 퇴치할 다양한 방법들을 논의했다. 그러나 좀처럼 뾰족한 방법을 마련할 수 없었는데, 때마침 한 젊은 쥐가 말했다.

"고양이가 다가오면 그걸 미리 알고 도망칠 수 있도록 고양이 목에다 방울을 달면 어떨까요?"

듣고 보니 꽤 괜찮은 방법 같았다. 많은 쥐들이 박수로써 그 제안을 받아들였다. 그런데 한 나이 먹은 쥐는 이렇게 말하는 것이었다.

"매우 훌륭한 방법인 것 같소. 그런데 한 가지 궁금한 것이, 과연 누가 고양이 목에 방울을 달 것인가 하는 점이오."

이 우화는 두 가지 교훈을 제공하고 있다. 제안하는 것과 실행하는 것은 별개의 문제라는 점과, 행동보다 말이 쉽다는 점이다.

■■■ 사람편

▣ 여우의 충고

옛날에는 요즘과 달리, 사람의 몸을 구성하는 여러 기관들이 서로 제멋대로 굴었다고 한다.

이때 다른 기관들이 가만히 보니, 위라는 녀석이 손끝 하나 놀리지 않고 맛있는 음식을 받아먹기만 하는 것이었다. 이를 괘씸히 여긴 다른 기관들이 의논한 끝에, 앞으로는 절대 위에게 음식을 주지 않기로 결의했다. 그래서 손은 음식을 만지려고 하지 않았고, 입은 벌리지 않았으며, 이빨은 씹지 않았다.

그 결과 손발에 힘이 빠져 버렸고, 다른 기관들도 모두 기운을 잃어버렸다. 여러 기관들은 그제야 위가 얼마나 큰 역할을 하고 있는지를 깨닫고는, 이후 힘을 합쳐 조화를 이루게 되었다.

정작 소중한 것은 눈에 잘 드러나지 않는다고 역설한다.

■ 나와 우리

두 사람이 함께 여행을 하고 있었는데, 한 사람이 우연히 손도끼를 주워 들고 소리쳤다.

"여보게, 내가 무얼 발견했는지 보게나!"

그러자 다른 한 사내가 말했다.

"나란 말은 하지 말아 주게. 우리가 발견한 것일세."

얼마 후 그 손도끼를 잃어버린 자들이 나타나서, 그것을 들고 있던 사람을 도둑으로 몰았다.

졸지에 도둑으로 몰린 사람이 동행자에게 말했다.

"아, 우린 이제 끝장이야!"

그러자 다른 한 사내가 말했다.

"우리라고 하지 말고 나는 이제 끝이다, 라고 해 줬으면 좋겠네. 포획물 할당에도 끼지 못한 날더러 위험에 동참해 달라는 건 무리한 부탁 아닌가?"

이 우화는 행운과 위험을 함께 나눌 수 있는 친구가 진정한 친구라고 말하고 있다.

■■■ 신화편

◼ 개미들

땅바닥을 기어다니는 개미는 원래 농사일을 하던 사람이었다.

그런데 원래부터 그렇게 욕심이 많았던지, 자기가 지은 농사만으로는 만족하지 못하고 항상 남의 곡식을 훔쳐가곤 했다. 그래서 이 사실을 안 제우스가 괘씸히 여겨 개미로 만들어 버렸다. 그래서 겉모습이 변하긴 했지만 제 버릇까지는 버리지 못한 개미는 지금도 남의 땅을 쏘다니며 열심히 낟알을 물어가곤 한다.

나쁜 습관은 설사 외모가 바뀌더라도 변하기 힘들다는 점을 이

야기한다.

　■ 까마귀와 개

　까마귀가 아테네 여신에게 제물을 바쳤다가, 제물로 썼던 음식을 함께 먹자고 개를 초대했다.

　제사상을 마주하고 앉은 개가 까마귀에게 물었다.

　"왜 쓸데없이 제물을 바치나? 그래봐야 여신은 자넬 제물 도둑놈으로밖에 안 봐줄 텐데!"

　그러자 까마귀는 이렇게 대꾸했다.

　"내가 여신께 제물을 바치는 것은, 여신이 우리를 나쁘게 생각하고 있다는 것을 잘 알고 있기 때문이지."

　미운 사람일수록 잘 대해 줄 필요가 있다는 처세술.

　이렇듯, 『이솝우화』는 삶의 지혜와 통찰이 담긴 우화의 정수라고 할 수 있다.

　2,500년 역사를 지닌 『이솝우화』가 지금에 와서도 여전히 유효하고, 생존법칙이 치열한 오늘날의 삶의 정글 속에서 살아남는 지혜를 터득하게 해 주는 촉매제 역할을 하고 있는 것이다.

　　　　　　　　　　　　　　　　　　　　　　유동범